KB077266

날개인간

날
개
인
간

2017년 1월 23일 제1판 제1쇄 인쇄
2017년 1월 30일 제1판 제1쇄 발행

지은이 강물, 구자명, 김혁, 배명희, 이성아, 최서윤, 한상준
펴낸이 강봉구

펴낸곳 봉구네책방(봉구네책방은 작은숲출판사의 인문 브랜드입니다.)
등록번호 제406-2013-0000801호
주소 413-170 경기도 파주시 신촌로 21-30(신촌동)
서울사무소 100-250 서울시 중구 퇴계로 32길 34
전화 070-4067-8569
팩스 0505-499-5860
홈페이지 http://www.작은숲.net
페이스북 http://www.facebook.com/littlef2010
이메일 littlef2010@daum.net

ISBN 979-11-6035-010-4   03810
값은 뒤표지에 있습니다.

23.5 동인 소설집

한상준
이성아
배명희
구자명
김혁
강물
최서윤

날개인간

봉구책방

'우리 안의 일베'를 청산하기 위하여

오랜만에 성난 군중들이 광장으로 모여들고 있다. 지금 우리는 진정한 명예혁명을 완수하고 있는 중이다. 수백만의 시민들이 주말마다 민주주의 회복과 정의를 소망하는 촛불을 들고, 광장으로 나가 부패하고 무능한 대통령과 정부를 물러가라고 외치고 있다. 국민이 나라의 주인이라는 당연한 사실을 새삼스럽게 주장하고 실현하기 위하여 분연히 일어서고 있다.

그러나 저항의 방식은 과거와 달리 너무나 아름답기만 하다. 가족끼리 친구끼리 연인끼리 함께 모여서, 정답게 손잡고 춤추고 노래하고 각종 이색 퍼포먼스를 펼치며, 평화롭고 발랄하고 유연하고 멋진 축제 같은 시위를 하고 있다. 이처럼 마음으로부터 우러나오는 비폭력 불복종 정신, 그리고 이를 풍자와 해학으로 승화시키는 성숙된 힘이야말로 진정 위대한 저항정신이라고 하겠다. 모두가 하나가 되어 정의를 외치는 광경은 혁명답게 감격스럽기 그지없다. 특히 청소년들의 자발적이고 용감한 궐기는 너무도 고무적이다.

그렇다. 어둠은 결코 빛을 이길 수 없는 법이다. 비록 대통령이 여야 국회의원들의 압도적인 찬성으로 탄핵을 당하고, 헌법재판소의 최종 심판을 기다리고 있지만, 국민들의 저항은 전국에서 계속 이어지고 있다. 이는 그동안 쌓여 온 국민들의 분노와 불만과 울분과 소외감이 얼마나 컸는가를 웅변해 준다고 하겠다.

이참에 우리는 깊이 반성하고 참회해야 한다. 해방 이후 지금껏 계속되어 온 친일 수구 개발독재 세력들이 사회 곳곳에서 막강한 힘을 발휘하고, 그들이 대를 이어 구축해 놓은 철옹성 같은 기득권을 해체시키지 않는 한, 진정한 자유와 정의가 꽃피는 민주사회의 실현은 요원하다고 하겠다. 우리 모두 이런 점을 재삼 깊이 인식하고, 이번 명예혁명을 계기로 새로운 사회 건설을 위한 대장정에 나서야 한다.

문제는 우리 안의 뿌리 깊은 파시즘과 미신이라고 할 수 있다. 독재
자의 딸이자 여러 가지로 문제투성이인 그녀가, 국민들의 뇌리에 깊
이 박혀 있는 박정희 신화 때문에 대통령이 된 것은 국민 모두가 다
아는 사실이다. 역사의 뒤안길로 벌써 오래전에 사라졌어야 마땅한
인물을 신화화하고 살아 있는 존재로 만든 게 누구인가. 우리 안의 뿌
리 깊은 파시즘과 개발독재 미신 때문이 아닌가. 그런 면에서 우리 모
두 공범이라고 하지 않을 수 없다. 정말로 깊이 반성하고 부끄러워해
야만 한다.

이런 비상시국을 맞아 우리 동인들은 '우리 안의 일베'를 주제로 글
을 쓰기로 했다. 일베라는 용어가 꼭 현재 활동하고 있는 일베 회원들
만을 지칭하지는 않는다. 보다 넓은 의미에서 의도적이든 아니든 그

들과 뜻을 함께 하는 세력이나 현상을 망라한 개념이라고 할 수 있다, 특히 선의의 피해자이면서도 그들에게 동조하는 '정치적 스톡홀름 신드롬' 환자의 심리에 주목하고자 한다.

현재 그 어떤 블랙 코미디나 판타지 소설이나 막장 드라마보다도 더 드라마틱하고 끔찍하고 흥미진진하게 전개되는 일련의 사태를 지켜보면서, 우리의 순진한(?) 글들이 얼마나 주목을 받고 또 얼마만한 의미가 있을까 하는 생각을 하면 무력감이 엄습하는 것도 사실이다.

그럼에도 불구하고 이렇게 글을 펴내는 이유는, 미증유의 국가 변란사태를 초래한 공범으로서의 부끄러움과 참담함을 나름대로 고백하고, 성찰해 보고자 하는 마음 때문이다. '우리 안의 일베'를 청산하지 못하는 한, 언젠가는 이런 사태가 또다시 되풀이될 것이기 때문이다.

부디 이 작은 책자가 성찰과 참회와 새 희망의 모색에 조그마한 계기라도 된다면 더 바랄 것이 없겠다.

- 2016년 겨울 7번째 동인지를 펴내며

소설 동인 23.5 일동

송두율을 만나다

한상준

전북 고창에서 태어났다. 1994년 『삶, 사회 그리고 문학』에 「해리댁의 망제(忘祭)」를 발표하면서 작품 활동을 시작했다. 소설집으로 『오래된 잉태』, 『강진만(康津灣)』이 있고, 산문집으로 『다시, 학교를 디자인하다』가 있다.

…그 뒤,

1. 입국, 시(時)

창문 덮개를 열고 하늘을 쳐다봤다. 유학길에 오르던 때의 하늘, 그 하늘빛이 아니었다. 37년 전, 김포공항의 하늘은 온통 푸른 물감을 칠해 놓은 듯 청명했고 드높았었다. 공항 활주로 위, 굉음 속에서도 어디선가 새 소리 또한 들렸었다. 비행기가 아주 느리게 계류장으로 이동했다. 10여 분 뒤면 출입문이 열릴 것이었다.

- 공항에 내릴 때는 낯빛 좀 바꿔요. 너무, 비장해 보여요.

동행한 박 교수의 서근서근한 말에도 아랫배에 힘을 줬다. 정색의 낯빛을 풀지 않았다. 한국을 떠나며 보았던, 37년 동안 잊지 않

14

고 품어 왔던 그 하늘빛을 고스란히 다시 볼 수 있기를 절절이 염원했다. 유머 감각이 빼어난 박 교수에게 농담으로라도 맞장구치고 싶지 않았다. 박 교수에게 고개만 끄덕였다.

빗방울을 쏟아낼 듯 구름이 낮게 내려 앉아 있었다. 회색빛 구름 몇 점이 바람에 쫓겨 빠르게 흘러가는 인천공항의 하늘을 지그시 눈 감으며, 가슴으로 만났다. 눈을 감자, 아버지의 고향 제주의 윗세오름 위로 푸르게 펼쳐진 하늘이 보였다. 경계인으로서의 지난 한 삶이 칩떠올랐다. 독일로 유학 떠나면서 조국에 다시 돌아오기 힘들 거라는 예단은 애초 품어 보지도 않았었다. 스승인 하버마스가 조국에서 난감한 상황에 처할 제자의 귀국길에 동행하겠다 나섰으나, 내가 먼저 저어했다. 하버마스에게 조국의 당면한 현재와 체포당하는 모습을 보여주고 싶지 않은 탓도 작용했다. 모국어를 잊지 않은 삶 전반에 대해, 분단된 조국의 하늘과 그 하늘빛을 한 시도 가슴 밖으로 밀어내 본 적 없는, 접경보행적 삶의 고뇌에 대해 조국에 와서 숨김없이 드러내놓겠다고 다짐하며 비행기에 올랐었다. 그렇게 비행기에서 내릴 심사였다.

안전띠를 매고 있어야 한다는 싸인등이 꺼졌다. 출입문을 향해 서둘러 나갔다. 공항 입국장에는 우익 인사들의 시위가 기다리고 있었다. 환영 피켓보다 먼저 눈에 차 들어왔다.

'송두율은 가면을 벗고 김일성, 김정일과의 관계를 밝혀라.'

비즈니스센터에 마련된 기자회견장에서 퍽 담담해져 있는 나를

15

감지했다. 짐짓 낯빛은 풀지 않았다. 웃음기를 입술에 담지 않으려 속내를 애써 여미었다.

2. 회견, 장(場)

— 독일 집에서 출발해 10시간 만에 한국에 도착했지만, 여기까지 오는 데는 37년의 시간이 걸렸습니다. 입국신고서를 작성하면서 애통하면서도 기쁜 마음이 들었습니다. 그 동안 고민과 고뇌에 찬 삶을 살아 왔습니다. 조국 땅을 밟게 돼 감개가 무량합니다.

1996년, 아버지 임종을 나는 끝내 지키지 못했다. 준법서약서라도 쓰고 입국하고 싶었던 당시 심경이 되살아났다. 2000년, 제 5회 늦봄통일상 수상자로 내정됐다, 했다. 준법서약서가 역시 나의 귀국을 막았다. 국민의 정부에서도 준법서약서는 서슬 퍼렇게 옭죄는, 분단의 늪이었다.

— 입국 동기가 뭡니까?

— 한국은 우여곡절을 많이 겪었지만 경제 발전과 함께 민주화를 동시에 이룬 몇 안 되는 나라 중 하나입니다. 하지만 한반도는 아직도 남북 분단의 어려운 상황에 놓여 있습니다. 이러한 현실 속에서 과연 바람직한 통일의 방법이 무엇인지 생각을 다듬고 싶었습니다.

조국의 현실을 직접 보겠다는 게, 입국의 결정적 계기였다. 선량

해 보이는 질문자가 웃음기를 머금었다. 질문이 이어짐에도 나는 잠시, 한국 사회에 대한 학문적 관점으로 줄곧 작동해 온 화두들을 되새김했다. 1970년, 그해 11월 13일에 있은 전태일의 분신과 뒤이은 유신헌법은 헤어날 수 없는 충격으로 옭죄어 왔다. 5·18은 한국 사회에 대해 정제된 접근을 요구한 변곡점이었다. 물론, 아버지의 고향 제주 4·3 항쟁은 경계인으로서의 삶을 근원적으로 잉태하고 있었다. 하여 더욱이나, 귀국 전의 체포영장 발부를 나는 수용할 수 없었다. 무리이고 무례였다. 수사에는 적극 협조하겠다고 했다.

    – 한국에 와서 새롭게 다른 길이 보일 수도 있을 것 같은 예감도 듭니다.

    전향적 의사를 포괄하는 발언으로 봐도 되느냐? 고, 예의 기자가 되물었다. 그 기자를 힐끗 건네 보고는 살짝 미소를 머금었다. 카메라 플래시 빛이 여기저기서 막 피어났다. 기자회견 중 처음 입가에 담은 웃음기였다. 회견을 지켜보고 있던 민주화운동기념사업회 사람이, 입국에 대한 간단한 물음만 해주면 좋겠다고 했다. 내가 덧붙였다.

    – 경계인은 택일의 상황에서 엄격한 고뇌를 요구받습니다. 체제가 다른 분단국가를 조국으로 두고 있는 지식인으로서 유보할 수 없는 행동을 감행해야 할 때가 참 많았습니다. 오늘의 귀국을 포함해서, 앞으로 진행될 상황도 그럴 것이라 예견합니다. 이쪽과

저쪽의 중간 지점보다는 어느 한 쪽으로 경도된 단언을 접경의 지점에서 마주해야 하는 상황이 빈번한 까닭에, 양편으로부터 부정당할 수 있는 소지 또한 상존합니다. 이 현장에서 보게 되는 상반된 구호가 보여주듯, 현재 역시 그렇습니다. 저는 피를 말리는 긴 장감 속에서 살아온 접경보행자입니다. 37년 동안 저와 우리 가족이 숨 몰아 쉰 삶의 모습입니다.

― 국정원 조사 일정이 잡혔습니까?

듣고 싶지 않은 물음이었다.

― 변호사가 협의할 예정입니다.

짧게 답했다. 10시간의 비행이 주는 피로감을 느끼진 못했다. 어릴 적, 수평선과 맞닿은, 그 둥근 제주의 하늘이 보고 싶어졌다. 회견장 너머 하늘을 힐끗 건너보았다. 구름이 먹빛으로 변해 있었다. 서둘러 몇 마디 보탰다.

― 아버님과 조부의 묘소를 제일 먼저 찾아 불효를 사죄할 것입니다. 보고 싶은 사람들도 좀 보고 어디가 변화했는지 살펴보고 싶습니다. 옛날에는 한강 다리가 하나밖에 없었는데….

옛 한강 풍경이 떠올랐다. 감회가 솟구쳤다. 잠시 말을 잇지 못했다. 카메라 기자들은 그러는 순간을 예리하게 노리는 듯했다. 플래시가 여기저기서 펑펑 터졌다. 아내가 나를 지그시 건네 봤다.

― 정년퇴임이 5년 남았습니다. 퇴임 후 한국에서 나의 적은 지식을 공유할 수 있는 기회가 생긴다면 강의도 하고 싶습니다. 한국

의 지성인들과 대화를 나누고 지식을 공유하고 싶습니다.

나는 회견장을 성큼성큼 나섰다. 아내가 손을 꼬옥 잡았다. 카메라 플래시 빛, 환대와 비난 소리가 동시에 난무했다. 아수라장이었다. 37년 전, 한국을 떠나면서 가슴속에 담아뒀던 하늘을 나는 가만히 내려놓았다.

3. 모독, 기(記)

— 경계인으로서의 삶은 결국 간첩 행위였다. 수없이 말을 바꾸는 부도덕한 학자로서의 실체 또한 드러냈다. 당신이 말 하는 경계인으로서의 삶, 그 실체를 스스로 밝혀야 한다.

— 오늘 이런 광란의 현상적 상황으로 본다면, 당신의 질문은 질문 그 자체로는 성립된다 할 수 있을 것이다. 그러나 앞서 내가 말한 것처럼, 한반도의 남쪽과 북쪽은 체제적으로 극단적 구조 속에서 갈등의 증폭만 확대 재생산하는 정체성을 현재도 지니고 있다. 깨어 있는 양심은 보다 순수한 반체제적 삶을 선호하게 된다. 그러니, 당신의 질문이 내재하고 있는 의도성에는 더 이상 답변할 가치가 없다고 본다.

— 대한민국에 입국한 것은 최종적으로 택하게 된 결정인가?

— 당신이나 나나, 어느 한 쪽의 체제가 확실한 선이라고 규정하기는 어렵다는 전제를 허용하여야 한다. 그렇지 않고서는 당신의

질문은 나로 하여금 지금까지 살아온 경계인으로서의 삶, 학자적 양심을 견지해 온 삶에 대해 부정하라고 강요하는 것이다. 지금까지의 나의 삶이란, 반체제적 학자로서의 행보를 멈추지 않았고 앞으로도 그럴 것이며 또한 한반도의 양 체제가 주권인들을 얼마나 가혹하게 엄단해 왔는가를 확인하면서, 이를 타파하기 위해 몸부림쳐 온 삶이었다고 자부한다. 그렇기 때문에, 최종적으로 한반도 남쪽 국가에 입국한 것을 체제 우월성의 측면에서, 고착화시킨 답변을 요구하지 않았으면 한다.

  ― 당신은 37년 동안 고국을 떠나 고국에 발을 들여놓기보다는 적성(敵性) 국가를 20여 차례나 방문했다. 북한 쪽에 더 경도되어 있다고 보는 건 명백하다. 정치국 후보위원으로 활동한 것 역시 당신의 답변을 수사(修辭)로 듣게 된다. 경계인으로서의 삶이 아니라, 일방의 체제를 우월하게 인식하고 있다고 볼 수밖에 없다.

  ― 거기엔 두 가지의 중대한 물음이 혼재되어 있다. 나는 북쪽에서 어떤 정치적 위치에도 서 본 적이 없다. 인간의 행위로써 진행되는 학문의 연구가 정치적이라는 명제를 이 법정이 명백하게 인정한다면 나의 학문적 행위는 본원적으로 정치 행위일 것이다. 그런 점에서 인간의 모든 행위는 정치적 관점에서 벗어나 있지 않다는 걸 한국의 사법 당국이 모른다면 이는 수치에 가깝다. 더불어, 37년 동안 조국에는 돌아오지 않고 이른바, 적성국가에는 근 20여 차례나 방문함으로써, 결국, 한반도 북쪽을 택했다고 단언하는

것과 동시에 그쪽에 경도되었다고 보는 건, 명백한 정치적 굴종을 강요하는 한반도 남쪽의 시각일 것이다. 한반도 남쪽을 들여다 볼 때, 한반도 남쪽이 내재하고 있는 정치지형과 연관하여 정치체제를 통찰할 수 있듯이 한반도 북쪽의 상황에 대한 진단 역시 북쪽의 내부적 현실에서 우선적으로 벗어날 수 없음을 인정해야 한다는 것이 나의 '내재적 접근법'이다.

— 당신은 '북한 사회를 평가하려면 북한 사회 내부의 내재적 요구를 중점적으로 살펴야 한다'는 주장을 통해 북한 정권의 정책이나 인권 문제 등은 북한 사회의 특수성에 기반하여 평가해야 한다는 논리를 형성했다. 이 논거는 결국, 북한 주민을 억압하는 북한 체제에 대한 합법성을 인정하는 쪽으로 기여하게 되었다.

— 이 질문은 기본적으로 저급하다. 나의 학문, 아니 모든 양심적 학자의 학문적 업적에 대한 법의 심판 과정이 성립되어지는 오늘의 이 사실, 이 자체가 기인한 현상이다. 나는 이 법정을 나의 사상과 양심에 대해 사법의 이름으로 가해지는 폭력으로 규정한다. 이 법정은 모독의 법정으로 기록될 것이다. … 음, 질문에 답하겠다.

그때, 울컥 눈물이 솟구쳤다. 눈물 위로, 아버지의 온후한 얼굴이 그려졌다. 그가 나의 감정을 지그시 눌렀다. 아버지와 함께 오르던 오름이 잠시 펼쳐졌다. 꿈같은 장면이었다. 법정을 찬찬히 둘러보았다. 고립된 섬처럼 닿던 법정이 다르게 보였다. 내 목소리가 점점 도도해지는 걸, 느꼈다.

4. 강의, 실(室)

2010년 6월 4일 오후 3시, 본(Bonn) 한인학생회의 '열린생각나누기'회에서 주관하는 강의 요청을 흔쾌히는 받아들이지 않았다. 〈경계도시2〉라는 영화 상영에 앞서, 구색을 맞추려다 보니 이뤄지는 강의 아닌가? 하는 생각이 우선 든 탓이기도 했다. 2003년 9월 이후, 한국 학생을 대하기가 퍽이나 어려운 처지에 놓여 있었다. 내가 나서서 강연 활동을 능동적으로 해낼 처지 또한 아니었다. 하여, 강의 요청이 흥미로운 건 사실이었다. 대학 강단에서 은퇴를 했고, 한국어로 쓰고, 한국말로 나누는 대화마저 2004년 8월 독일로의 귀환 뒤에는 자제해 왔다. 한국인들만의 모임에도 나가지 않았다. 모국어가 나를 격앙되게 만든 탓이었다. 나는 가급적 모국어로 감정을 드러내야 하는 의성이나 의태어 사용마저 금했다. 닭 우는 소리나 기차 소리까지도 아내에게 현지어를 사용했다.

강의 장소인 〈Haus Vandalia〉에는 한인 학생 30여 명이 모여 담소를 나누고 있었다. 술잔을 기울이고 있는 테이블도 보였다. 그런 분위기에 얼핏 짜증이 났다. 하지만, 눌러 참기로 했다. 장소를 모르고 온 게 아닌 까닭이었다. 소셜 네트워크 시대의 젊음에 동참할 수 있는 기회로 여기려, 생각을 바꾸고자 했다. 강의는 현지어로 할 생각이었다. 독일에 유학 온 젊은 친구들 가운데 나처럼 현지어를 모르고 온 한인 유학생들을 자극하기 위해 매몰차게 현지어로만 대담하거나 강의했던 경우가 적지 않았다. 그런 교수 시절을 새삼스레 상기했다, 흠흠.

강의가 시작되기 전, 모임의 핵심인 듯한 학생이 내게 와서 담소를 나누려 했다. 현지어로 그의 물음에 답했다. 부담스러워 하는 눈치가 역력했다. 그러나 강의를 시작하자, 학생들의 치열한 자세와 진지하게 기록하는 태도는 내재된 분노를 풀도록 만들었다. 강의 내내, 흥분을 가라앉히지 못했다. 모국어가 절로 나왔다. 어느덧, 모국어로만 강의했다. 남과 북은 자기 속의 타자로 서로를 봐야 통일을 이룰 수 있다는 걸, 강의 핵심어로 삼았다. 모국어로 모국을 논하는 아름다운 강의였다.

〈경계도시2〉는 모국어에 대해, 모국에 대해 끈을 놓지 못하도록 나를 견인했다. 영화는 따은, 지루했다.

5. …그 뒤,

'국가보안법으로는 제 사건이 마지막 기록이길 바란다'고 나는 법정에서 말했었다. 목하, 정권이 바뀌었다. 남북 관계는 평화와 아주 멀어져 갔다. 국가보안법은 더욱 위세를 떨쳤다. 한국 사회는 여전했다, 이후에도…,

그후…

1. 출국, 시(時)

송 교수가 차에서 내렸다. 공항 청사 안에서 그를 지켜봤다. 송 교수는 하늘 높이 펼쳐 있는 양떼구름을 잠시 올려다본 뒤 청사로 발길을 떼었다. 항소심을 마치고 송 교수가 부인과 함께 떠나는 인천공항은 북적거리지 않았다. 송 교수를 알아보는 여행객들은 대체로 밉광스런 눈치를 보였다. 여름방학을 맞아 해외연수 떠나는 학생들과 패키지여행 일행들이 가이드가 든 깃발 따라 종종걸음으로 내달을 뿐 송 교수를 배웅하는 공간은 썰렁했다.

송 교수는 입국 때처럼 입가에 웃음기를 머금지 않았다. 송 교수가 배웅객들과 어색하게 조우했다. 가는 자나 배웅하는 자들의 표정이 어둑했다. 입국 때부터 함께 했던 박 교수와 시민단체에서 활동하는 몇몇 그리고 학생 10여 명이 올목졸목 모여 있었다. 사진기자들이 셔터를 눌러댔다. 취재기자들 대부분은 팔짱을 한 채 어정떴다. 나는 글로브트로터의 중고 캐리어가 무겁고 버겁기도 하여, 그네들과 좀 떨어져 눈길만 건넸다.

– 오는 10월로 시작되는 독일 대학의 겨울학기 강의 준비와 집필 활동 등에 주력할 계획입니다. 겨울학기가 끝나는 내년 2월 이후 입국이 가능할 것 같습니다.

'내년 2월 이후 입국이 가능할'까? 의구심이 일었다. 강제출국 다름 아니었다. 내년 2월인들 한국 내의 동향 변화를 기대할 수 없을 터였다. 송 교수가 고국을 다시 찾지 않을 거라는 예감마저 들었다. 항소심에서 핵심 부분에 대해 무죄 선고를 받았지만, 송 교수는 구속에서 석방 때까지 야수의 송곳니에 물어뜯기는 사냥감이었다.

시민단체 활동가들과 학생들이 구호를 외쳤다. 송 교수는 구호에 동작하지 않았다. 반응을 보이지 않는 송 교수의 내심이 궁금했다. 송 교수는 티켓팅 뒤 배웅하는 이들을 향해 짧게 손을 흔들고는 심사대를 통과했다. 나는 송 교수가 들어가고 배웅객들마저 흩어진 뒤에야 탑승권을 끊고 짐을 보내고, 심사대를 거쳐 출국장으로 향했다.

오후 2시 30분발, 프랑크푸르트행 루프트한자 비행기에 탑승할 때까지 공항 체류 시간은 길지 않았다. 송 교수가 게이트를 빠져나와 공항 밖 대기 차량에 오르기까지 아수라장이었던 작년 9월의 입국장 풍광을 떠올렸다. 사회부 시절이었다. 오늘 그와 동행 출국을 하게 됐다. 씁쓸함이 입안에서 씹혔다.

정치부로 옮긴 뒤로부터 출입처가 야당이었다. 당 쪽에서 송 교수 사건 성명을 주로 맡았던 모 대변인이 송 교수를 잘 알았다. 대변인을 통해 송 교수에 관해 그동안 알고 있던 것보다 더 듣게 되었다. 일견, 송 교수가 주장하는 경계인으로서의 삶과 북한 내부에

대한 내재적 접근법에 의한 고찰 혹은 그의 철학적 사유를 훑어보
긴 했었다. 허나, 단순 이해 수준의 껍데기 핥기였다. 구치소를 나
서며 몇몇 한국 언론에 대해 '썩은 내 나는 신문'이라고 토로한 그
의 혐오감에 동업자로서 통렬한 지적이라며 동의하고 있었다. 기
자로서의 낯간지러움이 그에게 끌린 태반의 이유였다고 보는 게
더 옳다.

그러던 차, 데스크로부터 동행 취재를 요청받았다. 또 다른 기획
은 독일 통일 과정에 대한 4주간의 현지 취재였다. 아내를 만나 보
라는 이면의 배려라 여겼다. 아내가 독일 유학을 고집하던 때부터
두 딸아이마저 데리고 떠난 이태 동안 여러 모로 힘들어 하는 나를
지켜본 동문 선배가 데스크였다. 망설였다. 물론, 아내와의 관계
개선이 절실했다. 더불어 두 딸아이가 보고 싶었다. 애절한 속내를
결국, 도려내지 못했다. 좀 쉬고 싶다는 심경까지 덧붙여 떠나는
독일 행이었다.

나는 송 교수와의 동행 취재보다는 독일 통일 과정과 한반도 통
일문제를 바라보는 관점에 더 방점을 찍었다. 데스크 역시 같은 심
중을 드러냈다. 동행 취재에 무게를 두지 않은 까닭에 공항에서부
터 송 교수와 배웅객 가까이 다가가지 않았다. 프랑크푸르트 공항
에서 짧게 인사는 건넬 요량이었다. 한반도 통일문제를 다루는 데
에 송 교수의 견해나 저작을 참고해야 하는 까닭 아니라면 굳이 인
사 나누지 않아도 되리라 여기기도 했다. 아내가 통역을 맡아 주

기로 했을 뿐더러 한국의 여러 매체가 몇 차례 우려먹은 기획이어,
어려운 출장은 아니라고 넘겨짚었다.

송 교수 앉은 좌석의 세 자리 건너가 내 자리였다. 비행시간 내
내 나는 그의 움직임에 신경 쓰지 않았다. 창밖으로 흐르는 구름
따라 망연히 시선을 건네곤 했다. 송 교수는 두어 차례 화장실에
다녀오는 듯했다. 그것 말고는 기척이 거의 없었다. 그의 내심을
헤아려 보고 싶지 않았다. 비행 시간이 한 시간여 남았다는 표시가
떴다. 나는 눈을 붙였다.

입국 심사대로 내려가는 게이트 안에서 송 교수가 재직하는 대
학에서 박사과정을 밟고 있는 추정희의 남편이라고 소개하며, 명
함을 건넸다. 송 교수도 아내를 알고 있다는 듯 고개를 끄덕였다.
통독 과정 취재차 왔다고 했다. 도움이 필요하면 찾아뵙겠다고 했
다. 송 교수는 아무런 내색을 하지 않았다. 그나마 '썩은 내 나는
신문'사 소속이 아니어, 건네받은 명함을 휴지통에 내버리지 않는
다는 인상이었다. 공항에서 아내와 송 교수 일행과는 조우하지 못
했다.

2. 송고, 장(帳)

추정희는 여전히 활기찼다.

– 잘 왔어.

아내가 아이들을 데리고 나올 줄 알았다.

— 아이들은?

— 오랜 만인데, 시간 보내고 들어가자고.

아내가 이끈 곳은 공항에서 멀지 않은 호텔이었다. 나는 내일부
터 당장 취재해야 한다고 핀잔을 줬다. 아내는 막무가내로 나를 끌
었다.

— 장 선배가 전화하더라고.

데스크가 아내에게 전화를 해둔 모양이었다.

— 그 형. 오지랖, 참 넓네.

— 취재 방향도 정해졌잖아.

— ….

말 없는 나를 힐끗 건네 보았다.

— 취향, 여전하군.

아내가 글로브트로터 중고 캐리어를 가리켰다.

— 골동품 가게에서 건졌지.

— 어이쿠, 고물상에서였겠지.

그렇게 티격태격하며 독일에서 한 달을 보냈다. 아내는 만나야
할 사람을 주선했고, 만나는 사람과의 통역을 맡아 주었다. 갈 곳
을 안내했고, 가야 할 곳을 정해 주기도 했다. 너무 오랜 만에 추정
희의 배려를 느꼈기에 불편한 심중을 놓지 못했다. 그러는 나를 두
고 아내가 꾸짖기까지 했다.

아내, 두 딸과 함께 틈틈이 독일 곳곳을 누비고 다녔다. 온 가족이 여행 다닌 게 얼마 만이던가. 아이들이 너무 즐거워했다. 아내는 자신의 유학 결정을 최선의 선택이라고 여전히 고집했다. 나는 옳지 않다고 했다. 서먹한 관계를 풀면서 동의해 줬다.

방독 취재 기간이 끝나기 며칠 전부터 아내가 송 교수에게 전화를 했다. 연결되지 않았다. 끝내, 통화가 되지 않았다. 독일 내에서도 송 교수의 입국 뒤 근황에 대해 알려진 게 없었다. 강의 외에 외부 노출이 거의 감지되지 않았다. 한국에서도 마찬가지였다. 출국과 관련한 짧은 보도 뒤 송 교수 관련 기사는 매체에서 사라졌다. 나의 동행 취재 기사가 유일했다. 송 교수의 입국에서 출국 때까지 광란의 바람이 불었지만, 더 이상 보도 가치 없는 휩쓸려 간 미친 바람이었을 뿐이라는, 이 바닥의 생리였다.

〈1〉 동방정책과 햇볕정책 – 빌리 브란트와 김대중

〈2〉 '하나가 된다는 것은 나눔을 배우는 것이다.' – 폰 바이체크와 드 메지에르

〈3〉 분단의 역사와 통일 해법 – 모스크바 삼상회담과 6·15 남북공동선언

〈4〉 통일 독일과 통일 한반도의 주변국 – 나토 방위군과 한반도 미군 주둔

〈5〉 베르린 장벽 앞에 서다 – '그날, 1989년 11월 19일을 떠

올리며'

기사는 새벽에 썼다. 다섯 차례 모두 마감을 넘긴 송고였다.

3. 방문, 기(記)

아내와 함께 독일 행 비행기를 탔다. 아내는 독일 모 대학에서 있을 세미나 참석이고, 나는 북유럽 4개국의 복지 관련 6주간 취재 차였다. 송 교수와 내가 프랑크푸르트 행 루프트한자에 몸을 실었던 때로부터 11년 지난, 8월 5일이었다. 특별히 출국일에 의미를 두지 않았었다. 몰랐다. 비행기가 이륙한 뒤 아내가 불현 듯 그때, 그날을 끄집어냈다. 나는 그 시절의 풍경 이모저모를 상기, 회억해 냈다. 작금의 한국 내 정치 지형이 하, 수상하여 회상의 뒤끝이 이내, 무르춤해졌다. 비행 시간 내내 나는 잤다.

아내와 나는 베를린에 있는 숙소로 이동했다. 한국인이 운영하는 곳이었다. 숙소에 짐을 풀고 서둘러 송 교수의 집으로 향했다. 송 교수의 집은 전철역에서 그리 멀지 않았다. 오래된 주택이었다. 3층에 이르러 초인종을 눌렀다.

– 오우, 추! 어서 와요.

아내는 귀국 이후에도 두 차례 더 독일을 방문했고, 송 교수네와도 관계의 끈을 이어가고 있었다. 정 여사가 나에게도 말을 건넸다.

　– 어서 와요. 반갑습니다.

　– 늦은 시간이어, 죄송합니다.

　– 지체 말고 오라고, 추 교수에게 내가 말했어요. 프랑크푸르트
공항에서 박 기자 만난 그날을 떠올리고 있었어요.

　송 교수가 반갑게 나에게 악수를 청했다.

　– 기억하시는군요.

　2003, 4년의 고뇌에서 벗어난 듯 송 교수는 밝았다. 손아귀의
힘이 전해졌다.

　송 교수와 악수한 채 나는 집 안을 힐끗 건네 보았다. 고전풍의
여러 방면에 매니아적 관심을 기울이곤 하는 내게 송 교수의 오래
된 집 내부가 눈에 딱 들어왔다. 휘둥그레진 나의 눈길을 알아챈
송 교수가 집에 관해 입을 뗐다.

　– 19세기 프로이센 장교들이 살던 집이지요.

　송 교수가 나를 집안으로 끌었다. 고개를 들고 천장을 봤다.

　– 높이가 3.5m야.

　– 독일에선 천장이 높고, 오래된 집이 비싼 집이라고 들은 듯합
니다.

　송 교수가 여전히 내 손을 잡은 채 끄덕였다.

　– 지금 밟고 있는 거실 바닥 목재 길이가 8m인데, 가구를 양쪽
끝으로 치우면 파티도 할 수 있을 만큼, 넓어져요.

집에 대해 할 이야기가 많은 듯했다.

— 독일 건축양식은 프리드리히 빌헬름 2세가 베를린 건축을 새롭게 세우고자 하면서 신고전주의 건축을 도입하게 되었는데, 이후, 카를 프리드리히 싱켈이라는 건축가에 의해서 완성되었어요. 이 집도 바로 그런 양식의 영향을 받았다고 볼 수 있지.

하오와 하게체를 오갔다. 친근감을 느꼈다.

— 건축양식도 그렇고, 가구들도 고풍스럽고, … 희소성의 가치를 중시하는 전통 인식이 참 좋아요.

서양건축, 사에 문외한이었다. 오래된 집이라는 데에 초점을 맞췄다. 궁색한 나의 답변을 꿰뚫어 본 듯 송 교수가 잠시 말을 끊었다.

— 수십 년 동안 이 집에서 아이들을 키웠고, 저 양반이 이 집을 떠나려 하지 않았어요.

마침, 정 여사가 차를 내오며 끼어들었다. 송 교수가 말머리를 돌렸다.

— 여보, 저녁 먹지요. 출출하겠어요.

두 분이 우리 부부를 위해 저녁을 준비해 뒀다고 했다.

— 사모님, 만찬이예요. 푸성귀들이 싱싱해요.

아내가 깊이 감사해 했다.

— 상추, 고추, 가지, 오이 등등을 베란다에서 키워. 여긴, 흙이 좋아가지고 거름하지 않아도 잘 자라거든.

와인까지 곁들이며 소소한 이야기를 나눴다. 나는 사실, 송 교수에 대해 궁금한 게 많았다. 훈훈한 분위기는 나의 궁금증을 들춰내지 못하게 했다. 꽤 시간이 흘렀다.

– 후식은 당신이 좀 내오세요.

정 여사가 송 교수에게 요청했다. 아내와 나는 흘깃 송 교수의 눈치를 살폈다. 송 교수가 아무렇지 않게 부엌으로 향했다. 아내가 눈을 치켜뜨면서 의외라는 속내를 정 여사에게 건넸다.

– 그렇게 뒷바라지해서 교수 시켰는데, 한국에 가서는 또 1년 가까이 옥바라지 하다가 내가 폭삭 다 늙어 버렸어, 허허.

그러니, 웬만한 집안일은 이제 떠넘겨도 되지 않겠어, 하는 양 미소를 머금었다. 정 여사가 대학도서관 사서로 일하며 아이들 키우면서 송 교수 뒷바라지 한 건, 꽤 알려진 이야기였다. 송 교수가 멋 적은 듯 웃으면서 후식을 내왔다. 송 교수가 앉아 있는 뒤쪽 책꽂이 상단, 한지에 붓글씨로 단아하게 써 놓은 글귀가 보였다.

'여성이 세상을 바꾼다'

4. 집필, 실(室)

거실에 놓인 원목 책상이 육중했다. 지금은 한국의 시골에서 거의 사라져 버린 가죽나무 색상이었다. 책상을 손끝으로 툭툭 쳤다. 탱글탱글한 소리가 났다.

- 적갈색이 돋보입니다.
- 독일가문비지.

아내가 사용하는 책상이라며, 송 교수가 나를 옆방으로 이끌었다.

- 여기가 내 방이야.

그를 따라 서재로 자리를 옮겼다.

출국 일주일 전, 송 교수 사모님과 통화가 이뤄졌고 사모님의 초대를 받았으며 송 교수를 만날 수 있을 것이라 아내가 귀띔했을 때 나는 송 교수에게 건넬 질문지를 애써 챙겨 두었다. 단도직입, 물었다.

- 2007년에 나온 『미완의 귀향과 그 이후』에서 '나는 아직 귀향하지 못했다'고 했는데, 지금도 귀향하고자 하는 의사가 있습니까? 2004년 8월, 출국장에서 "오는 10월로 시작되는 독일 대학의 겨울학기 강의 준비와 집필 활동 등에 주력할 계획"이라며, "겨울학기가 끝나는 내년 2월 이후 입국이 가능할 것 같"다고 하셨거든요.

- 깊은 수렁이야, 한국사회는.

송 교수가 짧게 답했다.

- 불확실성의 수렁.

그가 덧붙였다.

- ….

그리고는, 말문을 닫았다.

한국사회에 대한 송 교수의 발언을 나는 간략하게 듣고 싶지 않았다. 독일로의 귀환 이후, 송 교수가 보여준 한국사회에 대해 송 곳처럼 뾰족하면서도 긴 몇 차례의 논쟁적 발언이 신문사에 전해 졌었다. 더불어, 2004년 8월, 출국장에서 그가 다시 한국에 오려 하지 않을 거라는 나의 예단을 내려놓지 않았으므로, '아직 귀향하 지 못'한 연유를 한국 내부에서 찾으려는 듯한 발언은 그가 여전히 밝히고 있는 귀향 의사의 진정성을 의심하도록 부추겼다. 그동안 아주 드물게 전해지는 독일에서의 송 교수 일상은 '미완의 귀향'이 라기보다는 귀향을 포기한 삶 아닌가, 하는 의구심을 갖도록 했다. 송 교수의 한국 상황에 대한 논설과 한국인에 대한 만남이 퍽이나 편향적이고 제한적이란 논란이 신문사 내에서도 그의 논평이 뜰 때마다 오가곤 했었다.

― ….

침묵이 의외로 길었다.

내가 먼저 말머리를 돌렸다. 질문지가 몇 더 있었고 시간은 짧게 남았다. 송 교수 역시 단도직입의 질문을 무례하다고 보는 눈치는 아니었다.

― 이시우 사진작가에게 편지를 보낸 건, 그와 어떤 연관이 있어 서였나요?

2007년 4월, DMZ 사진 전시회를 빌미로 이시우 사진작가가 국 가보안법으로 구속되고 단식 40여 일을 넘어선 때, 송 교수가 이 시우 작가에게 위문의 편지를 보냈다는 게 신문사에 퍼졌다. 당시,

송 교수의 의중이 궁금했었다. 송 교수를 만나면 물으리란, 아직 유효하다고 여긴 질문이었다.

— '긴 싸움을 위해 자신의 몸을 지켜 달라'는 내용이었지. 그 작가를 만난 적이 없어 잘 모르긴 했지만, 동병상련이랄까… 덧붙이자면, 당시 나를 회유했던 사람들에게 건네는 우회적 비난이기도 했어요. 공개적으로 전향을 요구했던 집요한 몇몇 진보 진영 내의 강압적 설득을 끝내 물리치지 못한 부분에 대해 나와 아내는 지금도 매우 부끄럽게 여기고 있어요. 당시의 그 하룻밤이 참 힘들었지. … 이시우 작가가 국보법에 굴복하지 않길 바라는 마음 한편으로 40여 일의 단식이 너무 고통스러울 거라는 고뇌의 동참이었어요.

한국에서 겪은 국가보안법으로 상처가 여직 아물지 않았다는 걸, 새삼 느꼈다. 송 교수가 이내, 덧붙였다.

— 음…, 『미완의 귀향과 그 이후』에서 '아직 귀향하지 못했다'고 한 그 표현은 경계인으로서의 삶이, 학자적 양심이 짓밟혀버린 2003, 4년 한국에서의 격랑에 여전히 휩쓸려 있다는 증표라고 볼 수 있지. 이시우 작가에게 편지 보낸 해였는데, 끝내, 조국으로 돌아가지 못하고 법적 국민으로 소속되어 있는 국가로 귀환하게 된 경계인으로서의 고뇌 그리고, '대한민국 헌법준수', '독일국적 포기'라는 전향 의사를 내보임으로 해서 입은 내 안의 상처를 아직까지 여과시키지 못하고 또한 그런 나를 질타하는 회한 혹은 격한 감정 분출…의 결과라 할 수 있겠지. … 한반도 남쪽과 북쪽에서 동

시에 배척된 이방인이 됐다는 걸 절감하곤 해, 지금.

송 교수가 서재 한 귀퉁이를 응시했다. 눈빛이 퀭했다. 그의 시선을 따라 나도 눈길을 건넸다.『미완의 귀향과 그 이후』(2007년, 후마니타스) 한국어판 두 권이 꽂혀 있었다. 앞으로의 저작에 대해 물었다. 말길을 틀어야겠다는 판단이기도 했다.

— 현재, 쓰고 있는 저술은 뭐예요?

송 교수가 바로 화답했다.

— 자서전이지. 한국어로 쓰고 있어. 한국을 떠나 독일에서 살아온 반세기 동안의 내 지적 편력으로써의 기록이겠지만, 희망을 쓰고 싶어요. 희망을 쓰고 싶은데, 한반도의 희망을 쓰고 싶은데, 내 안의 희망만으로는 안 되잖아. 부족하잖아, 그러면. 한반도의 양 체제가 불확실성의 화신이예요. 전망 부재의 사회로 한반도의 양 체제가 빠져들고 있어. 보여요, 그게. 그런데, 희망을 말하고 싶은 게야, 한반도의 희망을. 보이지 않는 희망을 보이게끔 하려고, 안 간힘을 쏟고 있어요, 지금.

송 교수의 고뇌가 자닝히 전해졌다. 그는 모국어를 도려내지 못하고 있었다. 그랬다. 그의 집필은 여전히 접경보행이었고, 내재적 접근이었다. 송 교수의 집필실이 참, 따뜻한 공간으로 내게 다가왔다.

5. 그후…

'통일과 민주주의에 대해 끊임없이 써야 해요.'

헤어지면서 송 교수가 내게 건넨, 인칭이 빠진 말이었다. 언론이, 아니, 당신이 그렇게 해야 한다는 요망이었으리라. 목하, 유신의 망령이 되살아나고 있다. 내 안에 들어와 있는 국가보안법이 나를 검열했다.

한국사회는 어디로 갈까, 이후에는….

* 송두율 교수의 입국과 출국, 재판 과정, 강의록과 방문기 등의 내용 중 일부는 인터넷 자료를 참고, 변용하여 그려낸 것임을 밝힙니다.

천국의 난민 /

이성아

1960년 밀양에서 태어났다. 이화여대 정외과를 졸업하고, 중앙대학교 예술대학원 문예창작과를 수료했다. 창작집으로 『절정』, 『태풍은 어디쯤 오고 있을까요』가 있으며, 북송선 이야기를 다룬 장편소설 『가마우지는 왜 바다로 갔을까』로 제11회 세계문학상 우수상과 아르코문학상을 수상했다.

주검을 보지 못한 채 죽음을 받아들이는 것이 이토록 어려울지
는 미처 짐작하지 못한 일이었다. 주검 따위는 아무래도 좋았다.
그만큼 죽음과 친숙했다는 걸, 죽음에 점점 다가가는 나이가 되어
서야 깨닫고 있는 중이었다. 어머니만 남겨둔 채 집을 떠나던 그때
그는 어머니의 나이를 전혀 인식하지 못하고 있었다. 그건 그냥 무
감각이었다. 돌이켜보면, 나이에 대한 감각이 뒤죽박죽되어버린
상태였다. 그는 어머니보다 더 자주 죽을 고비를 넘겼고 죽음에 훨
씬 가까이 다가가 있었다.

잠이 너무 일찍 깬 탓이었다. 이즈음은 자주 그랬다. 동이 트기
도 전에 잠이 깨어 눈을 감은 채 해뜨기를 기다리는 날이 많았다.
그러다 보면 불쑥불쑥 치고 들어오는 상념은 언제나 회한이었으
나, 삶 자체가 회한덩어리였으므로 그런 정도로 맘 상하는 일은 별

로 없었다. 그러나 어머니에 대해서만은 가슴에 얹혔다.

오늘이 어머니의 기일이기에 더욱 그랬다. 그에게 남은 생의 목표
가 있다면, 평온이었다. 남들이 말하는 식의 평온과는 질감부터 달랐
다. 그가 말하는 평온은 전투적인 평온이며, 그것은 그의 전리품이기
도 했다. 남은 생애 동안 그것을 최대한 누리기 위해서 가장 필요한
것은 외부의 자극을 차단하는 일이었다. 지극히 사소한 자극에도 자
신이 목숨 걸고 쟁취한 평온이 얼마나 바스라지기 쉬운지 그는 너무
나 잘 알고 있었다. 그러나 정말 두려운 건 그의 내부에서 활화산처
럼 부글거리고 있는 분노였다. 탈북 과정에서 잡히고 고문당하던 공
포와 악몽을 다스릴 수 있는 건 신경정신과 약뿐이었다.

제삿상은 둘째 딸이 만들어서 갖다 준 것을 상에 차려놓기만 하
면 되었다. 첫딸은 출장 가는 남편을 따라 필리핀으로 갔고, 둘째
딸은 약사들 세미나에 참석해야 한다고 했다. 남편과 아들이라도
보내겠다는 걸 그는 말렸다. 모처럼만에 어머니와 단둘이 독대라
도 하는 기분이 쓸쓸하기는커녕 오히려 호젓하고 좋았다. 그가 바
라는 평온이 바로 그런 것이었다.

열다섯 번째 맞이하는 기일이었다. 아니, 기일이라고 추정되는
날이었다. 정확한 날짜는 알지 못했다. 어머니의 죽음은 혼자 이
루어졌다. 인민반장으로부터 소식을 들은 여동생이 원산에서부터
김책까지 하루 반이 걸려 어머니에게 도착했을 때는 이미 시취를
풍기고 있었는데, 동네 사람들도 어머니가 죽은 날을 정확히 알지

41

못했다고 한다. 그 소식은 일본에 있는 이모 후지모리에게 전해졌고 다시 이모가 그에게 소식을 전해오기까지 한 달 가까이 시간이 흘렀다. 그리고 세월이 흘러 그도 어느덧 어머니가 돌아가시던 그 나이가 되어 가고 있는 것이다.

다시는 내 앞에 나타나지 마라.
어머니의 목소리는 낮고 단호했다.
그때 그와 어머니는 살아서는 다시 볼 수 없다는 걸 숙명처럼 받아들이고 있었다. 그랬을까? 역시, 돌이켜 생각해 보면 감각이 없었다고 말하는 게 더 정확하다. 방바닥을 파고 숨겨놓은, 목숨 같은 돈을 그에게 건넬 때 어머니는 이미 죽었는지 몰랐다. 그 돈은 '목숨 같은 돈'이 아닌, 목숨 그 자체였으니까. 어머니를 두고 혼자 빠져나올 때 그는 어머니를 죽이고 온 것이나 마찬가지였다. 하나뿐인 아들을 떠나보낸 어머니가 어떻게 살지는 누구보다 그가 잘 알고 있었다.

아오지에 끌려갈 때도 그를 따라간 어머니였다.
그는 어머니의 애간장을 무던히도 태웠다. 물론 북한으로 간 이후의 얘기다. 일본에 살 때의 그는 누구에게 폐를 끼치는 종류의 인간이 아니었다. 그것이 설령 어머니라고 해도. 만경봉호를 타고 북한에 정착한 지 일 년도 지나지 않아서 그는 친구들과 패싸움에 연루되어 보위부에 끌려갔다. 쇳덩어리 같은 걸 올려놔도 가슴 저

밑바닥에서부터 터져 나오는 분노를 감당하지 못하던 때였다. 패싸움을 한 아이들은 일본에서 귀국한 아이들이었다. 멸치 떼처럼 몰려다니며 싸움질을 하고 다닌 거였다. 그런 아이들을 가둔 곳은 일제 강점기 때부터 쓰던 지하 고문실이었다. 숨만 쉬어도 콧속이 쩡쩡 얼어붙는 날씨에 동태처럼 얼어버린 몸을 말린 북어 패듯이 팼다. 이렇게 무서운 세상이 다 있구나, 통렬하게 절감했음에도 몇 년 지나지 않아 다시 아오지까지 끌려갔다. 크리스마스 날(물론 북한에 크리스마스 날 같은 건 없다) 친구들과 모여서 깊숙이 숨겨둔 팝송 레코드를 들은 게 들통이 난 것이다. 총살당하지 않은 게 다행이랄까? 총살과 아오지의 갈림길에 어떤 원칙이 있는지는 알 수 없었다. 총살당하는 장면을 처음 본 건 북한에 온 지 이 년도 채 안 되었을 때였다. 이유는 부화방탕에다 남조선 방송을 들었다는 것 때문이었다. 여동생이 별것도 아닌 열병에 약을 제대로 못 써서 죽어버리고 아버지는 술에서 헤어나지 못하더니 결국 동맥경화로 죽은 후였고 누나는 결혼해서 원산으로 갔으므로 그가 아오지로 가고 나면 어머니는 어차피 혼자 남게 될 거였지만, 온갖 험한 꼴을 다 겪고도 크리스마스 날이랍시고 팝송을 들으려던 허랑방탕한 아들 때문에 어머니까지 아오지에서 오 년이나 살게 했던 것이다. 이미 죽음에게 들켜버린 삶이라는 생각은 모든 감각을 뒤죽박죽으로 만들었다. 영혼이라는 게 있어 산산이 부서질 수 있다면, 그때 그랬을 것이다.

너라도 도망가거라. 어머니가 늘 그렇게 말하던 것에 세뇌라도 되었을까? 아오지에서 풀려난 후 그는 그 무엇에도 털끝만큼의 정도 주지 않고 살았다.

어머니는 강골 체질이었다. 아니었나? 동맥경화에 시달리는 아버지가 술을 마시는 모습은 마치 가족들 앞에서 자해를 하는 것처럼 진저리가 쳐졌고, 그런 아버지가 끔찍하게도 싫었다. 조금의 동정도 느껴지지 않았다. 술이 취해서 죽고 싶다고 중얼거릴 땐 목을 졸라주고 싶었다. 그런데 어머니가 아팠던 기억은 없다. 어머니는 도쿄 공습에서도 살아남아 자기 앞에서 부모가 죽는 걸 보았고 어린 동생들을 업어 키운 사람이었다. 어쩌면 어머니는 죽는 순간까지 긴장하고 있었던 것인지 몰랐다. 그리고 그가 사라지자 할 일을 다 했다는 듯 목숨을 놓아버린 것인지도. 어머니는 그가 떠난 이듬해에 돌아가셨다. 어쩌면 자살인지도 모른다.

왜 어머니에게 같이 가자고 하지 않았을까? 그땐 사실, 떠나는 사람이나 남은 사람이나 죽음을 어깨에 태우고 있는 건 똑같다고 생각했다. 그러나 과연 그것이 진실일까.

어머니 사진 한 장 없는 제사상을 차려놓고 절을 한 뒤, 넋 놓고 마당만 바라보고 앉아 있었다. 오월이었고 오전에 소나기가 지나간 마당은 피어난 꽃들로 아름다웠다. 해가 구름 사이로 들락거리는지 거실 창이 밝아졌다가는 어두워지고 어두워졌다가는 밝아졌다. 딱 이만큼이 그에게 허락된 세상이로구나, 생각하며 팔을 베고 모로 누웠다. 그리고 잠깐 조는 사이 어머니를 보았다. 어머니가 마당에 핀 꽃들을 보며 환하게 웃었다. 제삿날이라고 찾아오셨구나. 혼령은 남이고 북이고 마음대로 다닐 수 있구나. 나도 죽어 혼령이 되면 북에 있는 누님에게도 가 보고, 어머니 묘소랑 아버지 묘소에 가서 벌초도 하고 절도 드릴 수 있겠구나……. 그런 생각을 하다가 벌떡 일어나 앉았다.

그런데 키가 큰 저 여자는 누구란 말인가. 거실 창으로 두 명의 여자가 보였다. 꿈이 아니었나? 아니면 지금이 꿈인가? 그녀들은 거실 창을 향해 뭐라고 말하는 듯하더니 고개를 돌리고는 마당 이곳저곳을 가리키며 떠들었다. 햇빛 때문에 안이 들여다보이지 않는 것 같았다. 그런데 키 작은 여자는 어머니와 너무나 닮았다. 꿈에서 본 것이 저 여자인가? 꿈속의 장면 같기도 하고 연극의 한 장면 같기도 해서 그는 한동안 그녀들을 바라보고 있었다. 그러다 정신이 번쩍 들었다. 어디 남의 집 마당에서 저렇게…….

긴 머리 여자만 아니면 어머니라고 착각했을지도 몰랐다. 몇 달 전 아버지 고향마을로 이사를 온 건 두 딸이 결혼해 버리고 나자 사촌들과 가깝게 지내고 싶기도 하고, 답답한 아파트가 싫기도 해서였다. 그런데 시골사람들이 지나치게 허물없이 드나들면서 호기심어린 시선으로 호구조사라도 하듯이 이것저것 캐묻는 것도 질색이었다. 그런 식의 호구조사라면 신물이 났다. 점잖게 차려입은 중년 여자 둘이 찾아온 적도 있었다. 교양 있는 미소를 띠며 몹시도 친근한 표정을 짓는 여자들에게 약간의 틈을 보이며 주저하자 거실까지 밀고 들어와서는 무슨 인쇄물 하나를 꺼내놓았는데, 거기에는 양떼들에게 둘러싸인 예수의 그림이 있었다. 그리고 이어서 나온, 천국이니 지옥이니 하는 말들…… 그가 벌떡 일어나며 고함을 치는 바람에 거실 탁자가 넘어가고 커피가 쏟아졌고 여자들은 혼비백산해서 달아났다. 그런데 어머니 제삿날이라고 열어놓은 대문으로 또 그런 여자들이 들어온 것인가.

현관문을 벌컥 열어 제치자, 여자들은 마치 그가 오히려 남의 집에 침입한 사람인 것처럼 깜짝 놀라서 쳐다보았다.

"어머나, 주인이 계셨네요. 죄송합니다. 아무리 불러도 대답이 없으셔서 그만 실례를 했습니다."

긴 머리 여자가 말했고 키 작은 여자가 뒤에서 고개를 깊숙이 숙였다.

가만 놔뒀으면 방 안까지 들어올 생각이었단 말인가?

"뭐하는 사람들이요? 남의 집에서."

"저, 여기가 277- 13번지 맞지요?"

"그건 왜 묻소?"

"저, 다른 게 아니고……."

까칠한 그의 대꾸에 여자는 주춤하더니 작정한 듯 용건을 밝혔다.

"말씀드리기가 좀 복잡한데, 그러니까 이 주소가 어떤 분의 본 적지 주소인데, 그게 워낙 오래전 일이라 그분이 아직 여기에 살고 계실 거라고는 생각하지 않지만, 알고 있는 게 그것뿐이라서, 그래서 이렇게 실례를 무릅쓰고 우선 주소지부터 찾아온 것입니다."

무슨 소리를 하는 건지 이해할 수도 없었고 이해하고 싶지도 않았다. 여자는 그의 표정을 잠시 관찰하더니 황 뭐라는 사람을 아느냐고 물었다. 그런 사람을 알 리가 없고, 허튼소리에 대꾸하고 싶지도 않아 입을 꾹 다문 채 인상을 썼다.

"모르시나보군요. 하긴, 워낙 오래전 일이니…… 혹시 여기 이사 오신 게 언제쯤인지 여쭈어 봐도 실례가 되지 않겠는지요?"

"실례가 몹시 되오. 당신이 누군데 내가 그런 질문에 대답해야 한단 말이오?"

"어머, 죄송합니다."

긴 머리 여자가 머리를 숙이자, 가만히 뒤에 서 있던 작은 키의 여자가 고개를 숙이며 말했다.

"미안합니다. 실례가 많았습니다."

작은 키 여자는 긴 머리 여자의 팔을 잡아끌고 대문 밖으로 나갔다. 여자들이 사라진 마당에서 그는 벼락 맞은 나무처럼 우두커니 서 있었다. 작은 키의 여자가 남긴 말에 사향처럼 진하게 배어 있는 일본어 억양, 그것이 그를 혼미하게 했다. 처음엔 어머니인줄 착각했던 그 여자, 하루코. 춘자.

*

1963년, 나는 열다섯 살이었다. 열다섯 살이었고, 수영선수였다. 시코쿠에서 자유형 신기록 보유자였으며 다음 해에 열릴 도쿄 올림픽에 출전하는 게 꿈이었으므로 학교와 수영장이 나의 전부였다. 그게 전부였다. 다른 고민은 없었다. 꿈이 있었으니까. 초급학교 시절부터 학교 대표로 나가서 메달을 따기 시작했고 중학생이 되어서는 시 대표가 되었고, 그 해 말 국가대표 선발전이 당면 목표였다. 가슴속에 품은 꿈만으로도 벅찼다. 조선인이니 일본인이 하는 정체성을 가지고 고민해 본 적은 한 번도 없었다. 아버지는 한국인이었고 어머니는 일본인이었다. 따라서 나의 반은 한국인이고 절반은 일본인이었다. 그게 나의 정체성이었다.

내가 사는 곳에는 한국인이 거의 없었다. 학교에서도 한국인이 거의 없었으므로 나는 한국인이라고 차별받은 적도 없었고, 수영선수 대표 선발에서도 차별받지 않았다.

아버지는 해방 후에 일본으로 왔다. 일본으로 징용을 떠났던 아버지의 사촌형이 불러서였다. 사촌형, 나에게 당숙이 되는 분은 키가 후리후리하게 크고 피부가 하얀 미남이었다. 얼마나 잘 생겼던지 일본인 장교가 외동딸의 사위로 삼을 정도였다. 나중에는 처가 집에서 대대로 경영하던 토목회사 사장이 되었는데 그때 고향에서 교사 일을 하고 있던 아버지를 불러 회계 일을 시켰다. 고향에서 아버지는 공부 잘하고 머리 좋은 사람으로 통했다고, 당숙은 나를 볼 때마다 말했다. 당숙의 궁전 같은 집에는 전화기도 있고 오

48

토바이도 두 대나 있었고 자가용까지 있었다. 우리 집은 그곳에서
오 킬로미터쯤 떨어져 있었는데 한국인은 거의 없는 주택가였다.
잘 살고 못 살고 따위는 사실 중요하지 않았다. 그때 나의 꿈보다
중요한 건 없었다. 나는 미국도 가고 싶지 않았다. 더구나 북한이
라니, 북한은 꿈에도 생각해 본 적이 없었다.

그런 내가 북한으로 갔다. 그것도 도쿄 올림픽을 한 해 앞두고.

수영 훈련을 마치고 나오는데 낯선 여자가 내 이름을 부르며 다
가왔다. 같이 걸어 나오던 친구들이 입을 모아, 오우, 미인이 걸,
할 정도로 예쁜 여자의 입에서 하필 내 이름이 흘러나왔다는 것만
으로도 황홀하고 부끄러워 온몸이 화끈거리며 달아올랐다. 그녀
는 얼굴 가득 다정한 미소를 띠며 나를 향해 곧바로 걸어오더니
내 손을 덥석 잡았다. 숨이 막힐 것 같았다.

"어쩜 그렇게 수영을 잘하니? 수영하는 모습이 얼마나 아름다운
지 넋을 잃고 봤어."

그녀가 원하면 심장이라도 꺼내줄 것처럼 얼이 빠져 버렸으면
서도, 같이 저녁을 먹으러 가자는 제안에 나는 뭔지 모를 이상한
두려움을 느꼈다. 아버지, 어머니를 잘 알고 있으며 와세다 대학생
이라고 소개하는 말을 듣고서야 그녀를 따라나섰지만, 두려움의
실체가 그것이 아니었다는 건 먼 훗날에야 알게 되었다. 새로 생긴
쇼핑센터 일 층에 있는 돈부리 집에서 밥을 다 먹을 때까지도 그녀

는 자신의 정체를 드러내지 않고, 물속에서 기분이 어떤지, 어떻게 해야 물에 뜨는지, 바다 수영도 해봤는지, 물이 무섭지 않은지, 그리고 올림픽 선발전에 자신이 있는지 같은 이야기들만 했다. 그때까지 나는 낯선 여자와 단둘이 마주 앉아서 얘기를 해본 적이 한 번도 없는 숙맥이었다. 학교에서 좋아하는 여자애가 있어도 말을 걸어볼 엄두도 내지 못하는, 운동만 좋아하는 소심하고 순진한 아이였다. 그러나 수영 얘기만 나오면 나도 모르는 사이에 완전히 달라졌다. 그건 마치 내 안의 또 다른 자아 같은 것이었다. 그녀는 고개를 끄덕이고, 미간을 찡그리거나 심각한 표정을 지으며, 때론 입가에 미소를 띠며 내 이야기에 완전히 몰입해 있었다. 그런 모습이 나를 우쭐하고 들뜨게 만들었으며, 그리고 몹시도 그녀가 사랑스러웠다. 잠깐 사이에 우리가 몹시 친숙해진 느낌이었다.

그녀 입에서 만경봉호 얘기가 나오고 북한 얘기가 나왔을 때, 나는 차마 화를 내지도 자리를 박차고 나오지도 못하고 고개를 푹 숙인 채 가만히 듣고만 있었다.

아버지가 북송선 얘기를 꺼낸 건 일 년쯤 전이었다. 이루어진다 만다 말이 많던 귀국사업이 마침내 시작된 것이다. 신문에서도 방송에서도 온통 그 이야기로 도배를 하다시피 했다. 아주 노골적으로 조선인들을 쫓아내고 싶어 한다는 게 나의 느낌이었다. 북한에 가면 집도 의료도, 학교도 모두 무료에다가 원하는 직장에 다닐 수 있고 공부를 더 하고 싶은 사람은 소련으로 유학도 보내준다는 말이 아주 구체적으로 나오고, 어디서 찍은 건지 모르지만 활기차게 돌아가는 공장의 모습이나 탐스런 과일 농장에서 활짝 웃으며 일하는 사람들, 그리고 강변에 늘어선 아파트 단지 같은 걸 비춰 주었다. 착취나 억압이 없는 평등사회이며 발전된 사회주의라고 했다. 모든 이익은 필요와 요구에 따라 분배되므로 돈도 필요 없다고 했다. 정말 그렇다면 지상천국이 틀림없었다.

아버지가 북한행을 결심하게 된 가장 큰 이유는 당숙 회사의 부도 때문이었다. 한국인으로서는 취직도 되지 않고 그렇다고 막노동이라고는 해본 적 없는 아버지에게 북한에 대한 조총련의 선전은 마치 아버지를 위한 것처럼 들렸다. 그렇다고는 해도 아버지도 지상천국까지 바라지는 않았을 것이다. 그저 조국으로 다시 돌아가서 모든 인민들이 평등하고 억압과 착취와 차별이 없는 곳에서 교사일이나 할 수 있기를, 아직은 그런 사회가 아니더라도 그런 사회를 만드는 데 자신도 조금이나마 도움이 되기를 바랐을 것이다.

나는 믿지 않았다. 지상천국이 있을 리도 없지만 관심도 없었다. 나는 가지 않겠다고 완강히 버텼다. 한국에 있는 아버지의 형제들로부터도 절대로 가지 말라는 편지가 몇 차례나 왔다. 이모는, 정 가려면 나를 떼어놓고 가라고, 올림픽에 나가려고 열심히 노력했으니 올림픽에 참가한 후에 북한으로 보내주겠다고 했다. 그런 정도라면 타협의 여지가 있다고 혼자 생각하고 있을 즈음, 그녀가 내 앞에 나타난 것이다.

나는 아버지가 그녀를 보냈다고 짐작하고 따져 물었는데, 부모
님 모두 아무것도 모르고 있었다. 그녀는 그녀 나름의 순수한 애국
심으로 나를 찾아온 것이었다. 조총련 활동가로 일하면서 우리 가
족 이야기를 알게 되었고, 그 아들이 수영 실력이 뛰어난데 도쿄
올림픽에 참가하려고 북한행을 거부하고 있다는 것, 그것이 그녀
를 자극한 것이다.

"손기정이라고 알아? 그 사람, 1936년 베를린 올림픽에 참가한
사람이야. 마라톤은 올림픽의 꽃이잖아. 그때 나치 독일은 아리아
인의 우월성을 만 천하에 알리고 싶었으니까, 주경기장에 독일 선
수가 일등으로 들어오기를 기대하면서 숨죽이고 지켜보고 있었
어. 그런데 깡마른 동양인이 나타난 거야. 그게 바로 손기정 선수
였어. 베를린 올림픽 마라톤 금메달리스트. 그런데 너무나 기뻐해
야 할 그는 시상대에 올라서 고개를 푹 숙이고 있었어. 금메달의
영광이 조국이 아닌 일본의 것이었으니까. 그의 가슴에는 태극기
가 아닌 일장기가 달려 있었으니까. 너도 설마 일장기를 달고 올림
픽에 나가고 싶은 건 아니겠지?"

열다섯 살에 만경봉호를 타고 북한으로 간 후, 나는 풀장 근처에
도 가보지 못했다. 내가 사는 곳 근처 어디에 풀장이라는 곳이 있
다는 말조차도 들어본 적이 없었다. 수영선수를 올림픽에 내보내
기 위해 훈련시킨다는 말도 들어본 일이 없었고, 내가 자유형 신기
록 보유자이니 수영선수가 되게 해달라는 말을 꺼내볼 기회조차 없

었다. 고작 수영할 수 있는 곳이라고는 바다나 개울 밖에 없었다. 이 듬해 도쿄 올림픽에 나가야 할 그때, 나는 지하 감옥에 있었다.

청진항에 내리는 순간부터 뭔가 잘못됐다는 생각이 나를 덮쳤 다. 불안감은 곧 확신으로 바뀌었다. 속았다, 전부 다 거짓말이었 구나. 그건 나만의 생각이 아니었다. 청진항에서는 보름 정도를 초 대소에 머물렀다. 아파트 한 동 정도 되는 거주 공간이었다. 마당 에는 울타리가 쳐 있었는데 외부인들의 출입을 막는 거라고 했지 만, 뒤집어보면 우리들을 감금하는 것이었다. 그렇게 감금하고 막 아도 우리들 중 누군가는 먼저 귀국해서 친구들과 수단과 방법을 총동원해서 접촉하였고 거기에서 새나온 북한의 실정은 마치 물 잔에 떨어뜨린 한 방울의 잉크처럼 금방 퍼져나갔다.

초대소에는 매점이 있어서 질이 아주 좋지는 않지만 과자도 있 고 각설탕도 있었는데 대부분 소련에서 수입해 온 것들이었다. 드 로프스는 오백 그램에 일 원 십 전, 사과 일 킬로그램이 이십 전, 명태 일 킬로그램에 팔 전, 이것이 국정가격인데, 그곳에서 살 수 있을 만큼 최대한 사가지고 가야 한다는 것도 소문의 하나였다. 그 때 우리에게는 한 사람당 이십 원씩이 주어졌다. 훗날 아버지가 직 장에 다니면서 받은 월급이 삼십팔 원이란 걸 생각하면 적은 돈은 아니었지만, 보름 동안 지내다 보니 돈이 모자랐다. 그런데 그곳에 도 브로커가 있었다. 북송선에서 금방 내린 사람들에게는 팔 물건

53

들이 있다는 것과 금방 내렸으므로 시세를 잘 모른다는 걸 잘 알고 있는 그들은 시계며 반지들을 값싸게 매겨 돈과 바꾸어 주었다.

어머니는 험한 시절을 살아온 사람답게 만일에 대비하는 사람이었다. 집은 물론이고 밥그릇이며 칼, 도마까지 다 준다는 말을 믿은 사람들 중에는 정말이지 가벼운 여행이라도 가듯이 작은 가방 하나만 들고 배를 탄 사람도 있었다. 그러나 어머니는 박스 두 개라는 제한규격을 가득 채웠을 뿐 아니라 살림살이를 처분한 돈으로 부피가 작고 금방 돈으로 바꿀 수 있는 시계 같은 걸 여러 개 사서 깊숙한 곳에 챙겼다. 돌아보면 어머니 때문에 살 수 있었다. 위기 상황에 대한 어머니의 감각은 침몰을 직감하는 쥐처럼 예민했다. 초대소에서부터 어머니가 가장 걱정한 건 식량문제였다. 밀가루와 쌀은 조금 주고 대부분이 옥수수라는 말에 그건 닭 사료가 아니냐며 이맛살을 찌푸렸다. 그러나 닭 사료마저도 없어서 굶어 죽는 날이 올 거라는 건 어머니도 상상하지 못했을 것이다. 어머니 덕분에 살았다고 생각할수록 아버지에 대한 분노는 더욱 커졌다. 아버지의 순진함과 어리석음이 내 인생을 망쳐 버렸다는 생각, 그것 때문에 터져 나오는 분노를 어쩌지 못할 때면 아버지가 나의 분풀이 대상이었다. 그때마다 어머니는 나를 끌어안고 말했다. 아버지도 불쌍한 사람이다. 아버지는 오죽 화가 나겠나. 안 그래도 저렇게 술만 마시고 있는데 너라도 참아라.

모든 것이 금지된 곳에서도 사람들은 술을 마신다. 무슨 수를 써

서라도 마신다. 밥 한 끼를 못 먹고 굶어죽는 판국에도 어디선가
술은 만들어지고 있었다. 심지어는 청진 초대소까지 야미로 술을
파는 사람들이 찾아왔다. 누구보다 술이 필요한 사람들이 거기에
모여 있다는 걸 아는 영리한 장사꾼이었으리라. 사람들이 술을 마
시고 난동을 부리지 않는다는 보장만 있으면 초대소 매점에서도
술을 팔았을 것이다. 자기들이 준 돈을 고스란히 매점에서 다 거둬
가고 있었고, 팔 수 있는 건 다 팔았으니까. 그런데 매점에서는 팔
지도 않는 술을 마시고 취한 사람이 김일성 초상화를 초대소 사 층
에서 내던져서 박살난 사건이 일어났다. 사람들이 웅성거렸지만
이내 잠잠해졌다. 밤사이에 그 사람이 쥐도 새도 모르게 사라졌다
는 말만 귀에서 귀로 돌아다녔다.

　그 사건이 있기 전만해도 분위기는 꽤나 거칠고 반항적이었다.
거주구역을 결정하는 면담을 할 때 평양만 빼고 어디든 선택해 보
라고 하자, 다시 일본으로 보내달라는 사람이 적지 않았다. 나중에
알게 된 것이지만, 그런 사람들은 아주 깊은 산골로 배치되었다고
한다. 김책에 배정받은 우리의 경우는 아주 좋은 편이었다.

　우리가 도착한 곳은 오 층짜리 소련식 아파트였다. 물은 아래층
에 있는 공동수도까지 가서 길어 와야 했고 공동화장실을 써야 했
다. 더 큰 문제는 석탄으로 난방을 하기 때문에 좁은 아파트에 매
캐한 냄새와 연기가 가득차서 정작 겨울이 되면 질식사나 동사 중
에 하나를 선택해야 할 지경이었다.

그것도 다 좋았다. 어디를 둘러봐도 수영장이 없는 건 고사하고, 수영이라는 말조차 꺼낼 수 없는 분위기였다. 광장에서 사람을 총으로 쏘아 죽이는 걸 온 인민들이 모여서 지켜보아야 하고, 책이나 음반처럼 개인적인 취향은 청진항에 내리는 순간 모두 검열에 걸려서 소각되었으며, 그나마도 가지고 있는 목록을 낱낱이 반장에게 보고 해야 하는, 유리창 안의 동물 같은 생활도 다 좋았다. 수영은 어디서 어떻게 하고 올림픽 대표 선수가 다 무엇이란 말인가. 한번 뿌리 뽑힌 삶은 다시 복원할 수 없었다.

내 머릿속에는 오직 하루코 밖에 없었다. 하루코를 만날 수만 있다면, 하루코가 내 앞에 나타나기만 하면, 나는 그 자리에서 그녀를 목 졸라 죽여 버릴 생각이었다.

*

대문 밖 골목은 오후의 햇살이 하얗게 부서지고 있었다. 그녀들이 어디로 사라졌는지, 과연 그녀들이 그의 집에 오기는 했던 것인지 현기증이 일었다. 골목 이쪽저쪽을 번갈아 바라보다가 강변 쪽으로 방향을 잡았는데, 골목 끄트머리에 다다르자 사람들 말소리가 들려왔다. 여자들은 느티나무 아래 정자에 있었다. 그곳에서 진을 치고 바둑을 두거나 막걸리를 마시고 낮잠을 자면서 소일하는 노인 둘이 그녀들에게 뭔가를 열심히 이야기하는 중이었다. 그들의 말을 듣고 있는 여자들의 표정이, 특히 금방이라도 울어 버릴 것 같은 하루코의 표정이, 그녀들이 찾던 사람을 찾았다는 걸 말해 주고 있었다.

*

하루코를 찾아간 적이 있었다. 고향집에 다녀온다는 하루코로 부터 한 달이 넘도록 소식이 없었다. 후쿠오카까지 물어물어 하루 코를 찾아갔다. 아직 학생이던 내가 혼자서 그렇게 멀리까지 간 건 처음이었다. 하루코를 만나지는 못했다. 그녀의 친척가족들이 북 송선을 타게 되어서 니가타에 갔다는 말을 그녀의 아버지로부터 들었다. 하루코도 간 거냐고 묻자, 그녀의 아버지는 눈을 이상하게 뜨고 나를 째려보았다. 그리고는 그 공산주의자 년하고는 무슨 사 이냐, 너도 빨갱이냐면서 추궁하듯이 물었는데, 그런 그가 과연 친 아버지일까 싶었다. 짐작은 할 수 있었다. 한국인들이 모여 사는 부락을 처음 간 나는 그곳 환경에 너무나 큰 충격을 받았다. 온 동 네에서 음식쓰레기 썩는 냄새가 풍기는데 사람들은 그것조차 잘 모르는 듯 마루에 걸터앉아서 밥을 먹고 있었다. 지나가는 골목에 서 들여다보이는 집안 여기저기에서는 남자고 여자고 악을 써댔 는데, 그들이 입고 있는 옷이 내가 알고 있는 한복이라는 데 더 큰 충격을 받았다. 이상한 일이지만, 그리고 지금도 설명할 수 없는 일이지만, 그곳에서 돌아온 날 나는 마침내 북한행을 결심하고 아버지에게 말씀드렸다.

며칠 후 학교로 찾아온 하루코는 이미 그 사실을 알고 있었다. 수영 훈련을 마치고 나오자 얼굴 가득 웃음을 머금고 서 있던 하루코가 나를 꼭 끌어안아 주었다.

"잘 생각했어. 너는 꼭 조국의 이름을 온 천하에 날리는 일꾼이 될 거야."

그녀보다 머리 하나가 더 크고 가슴넓이가 두 배나 되는 나는 소금기둥처럼 얼어붙어 버렸다. 몇 번이나 그녀를 내 품안에 꼭 끌어안고 싶었지만, 마음뿐이었다.

나는 새삼스럽게 하루코가 입고 있는 한복을 유심히 바라보며 물었다.

"누나는 언제 갈 거예요?"

"나도 금방 갈 거야. 가면 꼭 너를 찾아갈게."

하루코와 북한에서 다시 만난다, 나는 이걸 눈곱만큼도 의심하지 않았다.

*

전기 주전자에 물을 채워 스위치를 올려놓고 찬장에서 차를 찾는데 자꾸만 손이 떨렸다. 인삼차와 율무차 봉지를 꺼내 접시에 담고 잔과 잔 받침을 챙겼다. 숟가락 통 깊숙이 들어있는 티스푼을 찾다가 숟가락 통이 싱크대에 엎어지면서 요란한 소리가 났다. 얼른 두 손을 들고 소리가 멈추기를 기다렸다. 마치 숟가락에게 항복 선언이라도 하는 모양새였다.

"괜찮으세요?"

긴 머리 여자가 얼른 주방으로 와서 그에게 말했다.

"차 대접까지 안 하셔도 되는데…… 우리는 전화번호만 알면 되는데……."

"그래도 그런 게 아니요."

가만히 있던 그가 퉁명스럽게 대꾸하는데 전기 포트의 물이 요란한 소리를 내며 끓어오르더니 탁, 스위치가 꺼졌다. 머쓱하게 서 있던 긴 머리 여자가 찻잔이 놓인 쟁반과 포트를 거실로 가지고 나갔다. 그는 천천히 숟가락 통을 정리한 후 싱크대 구석에 놓인 스테인리스 함지를 끌어당겼다. 거기에는 아침에 제사상에 올리고 남은 사과와 배, 그리고 꼭지 부분을 깎은 껍질과 과도가 그대로 담겨 있었다. 그는 그것을 들고 잠시 망설이다 부엌 식탁 위에 내려놓고 주방을 나왔다.

주방에서 왔다 갔다 하는 그를 지켜보고 있던 여자들이 자세를 고쳐 앉으며 그를 쳐다보았다.

"차 들고 계시오. 찾아보겠소이다."

방으로 들어가서 문을 닫은 그는 방 한가운데 주저앉아 버렸다.

양손이 식은땀으로 흥건했다. 이 집의 전 주인과는, 집을 둘러보고 계약서를 쓰면서, 그리고 이사할 때 본 게 다였다. 사내도 혼자 사는 몸인 듯 했는데, 오십 대 중반이나 되었을 것 같은 나이에 사고를 당했는지 거동이 몹시 불편해 보였다. 이사 당일에는 휠체어에 앉아 이삿짐센터 직원들에게 이것저것 지시를 하고는 콜택시를 불러 먼저 사라졌다. 정자에 있던 노인들이 하나 같이 혀를 차는 건, 하루꼬가 멀리서 걸어올 때부터 지 아버지가 걸어오는 줄 알았다는 거였다. 죽은 하루꼬의 아버지는 일본에서 이미 결혼을 해 마누라와 딸이 있다고, 그래서 그들을 찾으러 가야 한다고 했지만, 그 부모는 외아들이 부모의 허락도 받지 않고 멋대로 한 결혼을 인정할 수 없다고 했고, 해방이 된 후에는 일본으로 가는 것도 오는 것도 쉽지 않아서 결국 몇 년 후에는 새 장가를 들었다는 거였다. 그런데 그 말이 다 참말이었구먼, 하면서 노인들은 자꾸만 무릎을 쳤다. 술만 마시면 넋두리처럼 일본에 처자식이 있다고 했지만, 그게 정말이라면 어째서 일본의 처자식은 그를 찾으려고도 하지 않냐면서 동네 사람들이나 그의 부모는 점점 그의 말을 믿지도 않게 되었다고 했다. 노인들은 더 이상 무릎은 치지 않고 고개를 절레절레 저었다. 평생 아버지 얼굴 한번 못 보고 자랐을 텐데, 저리도 닮은 걸 보면 핏줄이라는 게 무서운 거라며 막걸리 병을 땄다. 그것이 다 사실이라고 친다면, 전 집 주인과 하루꼬는 이복 형제간이 되는 셈이었다. 그렇다면 그 아들의 연락처를 아느냐고 그녀들이 묻자 노인들은 몇 십 년을 같은 동네에 살아도 전화번호 같은 건 모르고 살았노라며 푹 꺼진 눈만 껌뻑거렸다.

그가 기다리던 순간이었다. 집 계약서에 그 전화번호가 적혀 있노라는 말에 그녀들은 순순히 그의 집으로 다시 들어왔다.

계약서는 서랍장 제일 위 칸에 있었다. 사내의 성은 그녀들이 말한 대로 황이 맞았다. 그걸 확인하고도 그는 얼른 방을 나가지 못하고 서성거리다가 문갑 서랍을 뒤졌다. 몸살 감기약과 아스피린, 소독약과 바셀린, 몇 가지 종류의 연고, 그리고 병원 갈 날이 며칠 남지 않은 탓에 신경안정제 몇 알이 남아 있을 뿐이었다.

그는 잠시 문 앞에 서서 바깥의 기척을 살피다가 거실로 나갔다. 그녀들은 얼른 찻잔을 내려놓고 자세를 가다듬었다. 마치 무슨 센서라도 부착해 놓은 듯 그의 행동에 민감하게 반응했다. 그가 계약서를 꺼내서 내밀었고 긴 머리 여자가 살펴보았다.

"언니, 황 씨가 맞아요."

긴 머리 여자는 하루코에게 언니라고 부르며 기쁜 표정을 지었다. 그녀는 급히 가방에서 수첩을 꺼내 전화번호를 적으려고 했다. 그가 그녀의 팔을 누르며 말했다.

"지금 전화하세요."

긴 머리 여자가 그를 쳐다보았다.

"괜찮으니까 여기서 해요."

그가 다시 한 번 말했다. 하루코가 두 번 고개를 끄덕이자 긴 머리 여자가 휴대폰을 꺼내서 전화를 걸었다. 신호가 몇 번 가고 굵은 저음의 남자 목소리가 들렸다. 긴 머리 여자는 아까 그에게 했던 말을 다시 반복했다. 하루코는 미간을 찡그리며 귀를 기울이고 있었다. 기억 속의 하루코는 조금도 나이를 먹지 않았으나 세월이 그녀를 비켜가지 않았다면, 하고 상상하던 모습과 크게 다르지 않았다. 충격적이지는 않았다. 충격에 무디어진 자신을 확인하는 것이 더 쓸쓸했다. 이런 식으로 만나게 될 거라고는 상상도 하지 못한 일이었으니, 하루코가 그를 알아보지 못하는 것도 당연했다. 그가 남한에서, 그것도 하루코 아버지의 본적지에서 살고 있을 거라고 상상이나 할 수 있었을까. 그러나 세상에서 일어나지 못할 일은 아무것도 없었다.

그런데 저 모습은 어머니를 너무나 닮아 있지 않은가. 순간, 꿈과 현실의 경계가 안개 속처럼 모호해졌다.

"니가 내를 안다꼬?"

어느 순간 휴대폰은 하루코의 손에 넘어가 있었고 무슨 말 끝에 갑자기 목소리를 높였다. 앞에 놓인 차를 마시는데 그의 손이 떨렸다. 전화기 속의 사내, 그러니까 이 집의 전 주인은 하루코에 대한 이야기를 돌아가신 아버지로부터 들어서 알고 있다고 말하고 있었다. 그러나 그때 그는 어려서 자세한 걸 모르고 대신 그의 누나가 더 잘 알 거라고 했다. 몇 번 더 큰 소리가 오고갔다. 격한 감정에 휩싸여 목소리를 높일 때는 경상도 억양이 뚜렷했으나, 하고 싶은 말이 잘 만들어지지 않을 때는 답답하다는 듯 가슴을 두드리며 일본어가 섞인 말을 낮게 웅얼거렸다. 마침내 통화가 끝났다. 답답하기는 저쪽도 마찬가지인지, 누나가 직접 전화를 걸도록 할 테니 기다리라고 했다.

휴대폰을 쥐고 있던 손을 툭 떨어뜨리는 하루코의 얼굴이 창백했다. 긴 머리 여자가 조심스레 하루코의 손을 잡으며 말했다.

"언니…… 찾았어요."

"그래, 기적이다…… 기적이야."

"이렇게 쉽게 찾을 줄은 나도 몰랐어요."

"나를 기억하고 있어. 나를……."

"언니 아버지가 언니 얘기를 많이 했다는 뜻이에요."

잠시 후, 그녀들은 마주잡고 있던 손을 놓으며 동시에 고개를 숙이고는 일어설 채비를 했다. 우두커니 두 사람을 바라보고 있던 그는 갑자기 마음이 급해져서 두 사람의 팔을 덥석 잡았다.

"전화를 한다지 않소."

그는 의식적으로 말을 아끼고 있었다. 일본을 떠난 지 오십 년이 넘었어도 희미하게 남은 일본어 억양과 자기도 모르게 쓰게 되는 일본어투는 사라지지 않았다. 그것 때문에 북한에서 숱하게 조롱을 당하고 주먹다짐에 온갖 체벌을 당했지만 꼬리뼈가 간직한 진화의 흔적처럼 죽을 때까지 그것은 사라지지 않을 것이다. 그녀들이 자신의 출신을 알아차릴까 봐 최대한 말을 짧게 하다 보니 화가 잔뜩 난 사람처럼 퉁명스러워졌다. 그들을 잡아야 했다. 잡아서 어떻게 할 것인가? 너무 갑작스럽게 닥친 순간이라 당황스러웠지만, 이 순간을 잊은 적은 한 번도 없었다. 하루코의 하얀 목을 누르거나 피가 낭자하게 칼을 휘두르는 모습은 아직까지 그를 짓누르는 악몽이었다.

"난 괜찮으니, 전화를 기다려요."

그의 목소리는 신음처럼 들렸고 이마에서는 진땀이 났다. 그녀들도 당장 갈 데가 있는 건 아니었다. 거리에서 전화를 받을지도 모르니 그곳에 있는 게 더 나았다. 그녀들은 자세를 편히 하며 또다시 고맙다고 인사를 했다. 긴 머리 여자가 물었다.

"누구 기일이신가 봐요."

"어머니 기일입니다."

"미안합니다."

하루코가 무릎을 꿇고 깊숙이 머리를 숙였다. 무엇이 미안하다는 것이냐? 그는 하루코를 힐끗 쳐다보고는 식탁 위에 있는 과일 함지를 들고 와서 사과를 깎았다. 긴 머리 여자가 자기가 깎겠다는 듯 움찔거렸지만 모른 체하고 물었다.

"무슨 사연이시오? 이 집과는."

잠깐 동안이지만 피차 깊은 뿌리를 건드리는 사연을 공유한 듯해서 지극히 개인적인 질문이지만 어색하지는 않았다. 그렇다고는 해도, 하루코는 마치 이런 기회가 오기를 기다리고 있었던 것처럼 선뜻 자기 이야기를 풀어놓았다.

하루코의 한국말은 무척 서툴렀다. 예전의 하루코는 유창한 조선말로 그의 기를 죽였는데, 이제는 그의 한국말이 훨씬 유창했다. 어쩌면 그의 한국말이 유창해서 하루코의 한국말이 어설프게 들리는 건지도 몰랐다. 하루코는 어릴 때부터 부모님에게서 듣고 자란 말은 한국말로 했으나 자기감정을 표현하는 말은 일본말로 했고, 그렇게 한국말과 일본말이 뒤섞인 것을 긴 머리 여자가 중간, 중간 통역해 주었다. 머리가 긴 여자는 자신이 소설가이며 재일교포들의 이야기를 쓴 인연으로 하루코와 만나 언니동생하며 친자매처럼 지내고 있다고 소개했다. 그는 통역 같은 건 필요 없다고 말하고 싶은 걸 꾹 눌러 참았다.

*

어릴 때 저는 아버지에게 맞으면서 컸습니다. 엄마도 노다지 두드려 맞았습니다. 그게 여자 팔자라고, 여자들은 다 그렇게 사는 건 줄 알았습니다. 남자들은 언제나 여자를 팼습니다. 어릴 때는 일본 애들하고 패싸움을 하다가 어른이 되면 자기 여자를 팼습니다. 아버지는 엄마를 패고 나서 엄마가 장사해서 번 돈을 다 뺏어 갑니다. 저는 이모 덕분에 학교를 다녔습니다. 이모는 엄마랑 달랐습니다. 개새끼야, 미친 놈, 죽어 버려라, 짐승새끼, 이모는 이렇게 욕하면서 아버지에게 달려들고 싸웠습니다. 하루는 술이 취해서 자고 있는 아버지에게 칼을 들고 기어가는 걸 보았습니다. 저는 방문 틈으로 지켜보았습니다. 빨리, 빨리, 하면서 가슴을 조였습니다. 아버지가 깰까 봐 조마조마 했습니다. 이모는 아버지 가슴을 겨누고 있던 칼을 내리꽂지 못했습니다. 아버지가 조금만 술을 덜 마셨다면, 그래서 잠에서 깨 버렸다면, 이모가 그 칼날을 맞았을 겁니다. 저는 칼을 꽂지 못한 이모가 미웠습니다. 하지만 진짜 미운 건 엄마입니다. 이 등신아, 이 등신아, 이모는 엄마를 이렇게 불렀습니다. 저도 그렇게 부르고 싶었습니다. 엄마가 등신이라서 맞고 산 건지, 맞고 살다보니 등신이 된 건지 납득할 수 없을 정도로 맞고 살았습니다.

저에게 생부가 따로 있다는 건 스무 살 적에 알았습니다. 이모는 오 년 만에 이혼해서 돌아왔습니다. 남자 집이 부자였기 때문에 동네 사람들은 이모가 시집을 잘 갔다고 성공했다고 부러워했지만, 이모는 생각이 다른 사람하고는 같이 살 수 없다면서 도망치다시피 시집을 나온 겁니다. 이모는 조총련 활동을 열심히 했는데 이모부는 민단 쪽이었다고 합니다. 한집안에 조총련과 민단이 같이 있다는 건, 집안에 38선이 그어져 있는 것과 똑같은 겁니다. 생각이 다르면 아무리 부자로 살아도 행복하지 않다고, 모든 사람이 다 같이 잘 살아야지 혼자만 부자로 사는 삶은 조금도 고귀하지 않다고 이모는 말했습니다. 이모는 원래 그런 기질의 사람이었지만 이혼하고 나서는 더 씩씩해져서 돌아왔습니다. 그때 처음 저에게 생부가 따로 있다고 말해 주었습니다.

그 얘기를 듣고 얼마나 허탈했는지 모릅니다. 생부가 있어서 기쁘다는 생각은 들지 않았습니다. 오히려 생부며 엄마가, 나를 두드려 패던 의부보다 더 증오스러웠습니다. 왜 그렇게 맞고 살아야 했는지를 알게 되자 인생이 통째로 시시해져 버렸습니다.

생부를 어머니와 맺어준 건 할아버지였다고 합니다. 어느 날 생부가 공사장에서 토목을 하고 설계하는 모습을 보고 반해버렸답니다. 무엇보다 기술을 가지고 있으니까 딸을 굶기지 않겠다고 생각했답니다. 그런 걸 다 떠나서, 너무나 좋은 사람이었다고 합니다. 그래서 가족 모두가 좋아했답니다. 단 한 사람, 엄마만 빼놓고요.

엄마는 아버지를 보지도 않으려고 했답니다. 이유에 대해서는 사람마다 말이 다릅니다. 대체로 일치하는 건, 아버지가 한국말을 할 줄 몰랐기 때문이랍니다. 아버지가 엄마를 부를 때 야야, 하고 불렀는데, 그건 할머니 할아버지가 야야, 하고 부르는 걸 보고 따라 한 거랍니다. 그건 경상도 사람들이 자식들을 아무렇게나 부를 때 쓰는 말입니다. 어머니는 그걸 진저리를 치면서 싫어했답니다. 보기 싫은 사람이 말도 안 통하니, 더욱 싫어했답니다. 첫날밤에는 손도 못 대게 두 팔로 가슴을 꼭 끌어안은 채로 밤을 새웠답니다.

어른들은 두 사람이 정을 붙여서 살게 하려고 별짓을 다했답니

67

다. 두드려 패면 겁이 나서 살지 모른다고 모두 자리를 피해 줄 테니 늘씬하게 때리라고 한 적도 있답니다. 생부가 어떻게 그러냐고 해서 이모가 대신 엄마를 때렸다고 합니다. 외삼촌은, 너는 결혼한 몸인데 남편과 잠도 자려고 하지 않는다면 너를 팔아서 손해배상을 해줘야겠다고 겁을 줬답니다. 엄마는 저 남자를 안 볼 수 있다면 차라리 그 편을 택하겠다고 했답니다. 얼마나 싫었으면 그랬을까요. 오죽하면 남편이 밥 먹은 그릇도 만지기 싫어서 집게로 집어서 씻었다고 합니다. 매일 도망갈 궁리만 하던 엄마는 남편을 안심시키고 돈을 얻어내서 차표를 사려고 처음으로 몸을 허락했는데, 그때 아이가 생겨 버렸습니다. 그게 저입니다.

엄마는 남편을 안심시켜서 얻은 돈으로 아는 사람 집으로 도망가서 숨었는데, 나의 생부는 자기 아내를 찾아내고서도 야단을 치기는커녕 아내가 좋아하는 복숭아만 한 상자 사서 갖다놓고 가고 또 사다 놓고 가고 그랬다고 합니다. 길이 좋지 않아 차도 다니지 않는 길을 몇 시간씩 복숭아 상자를 머리에 이고 왔다고 합니다. 그 꼴이 얼마나 불쌍한지 이모가 눈물을 줄줄 흘렸답니다. 엄마는 제가 뱃 속에 있는 걸 알게 되어서야 할 수 없이 친정집으로 돌아갔답니다. 제가 태어나는 바람에 친정집에 얹혀살았던 이 년 정도가 생부와 엄마가 함께 한 날들의 전부입니다.

저 때문에라도 어떻게든 간신히 붙어서 살게 되는가 싶었는데, 한국에서 생부의 엄마가 위독하다는 소식이 왔습니다. 그 사이 해방이 되었고, 아버지는 다시 일본으로 돌아오시지 못한 겁니다. 생부는 편지를 썼답니다. 여기에 집도 있고 먹고 사는 데 아무 문제 없으니 아이를 데리고 한국으로 오라고, 부산에서 기다리고 있겠다고 했답니다. 그러나 엄마는 답장도 하지 않고 그대로 연락을 끊어버린 겁니다.

그리고 몇 년 후 의붓아버지를 만나 평생을 맞고 살았지요. 맞으면서 그제야 자기가 뭘 잘 못했는지 깨달았답니다. 그래서 그냥 맞았답니다. 속죄하고 싶었던 걸까요? 잘 모르겠습니다. 그냥 맞아도 싸다는 생각밖에 들지 않습니다. 저도 평생을 엄마를 미워하느라고 기진맥진해져 버렸습니다.

*

자기 이야기에 취해 있던 중에도 뭔가 시선을 잡아끄는 게 있어 무심코 그쪽으로 고개를 돌리던 하루코가 날카로운 비명을 질렀다. 동시에 소설가도 비명을 질렀다. 그녀들의 시선이 향한 곳은 그의 손이었고, 손에서는 피가 뚝뚝 떨어지고 있었는데 그가 주먹이 으스러지게 쥐고 있는 것은 과도였다. 그가 얼른 손바닥을 펴면서 뒤로 물러나 앉았다. 비명만 지르지 않았을 뿐, 그도 놀라긴 마찬가지였다. 요란한 소리를 내면서 칼이 접시 위로 떨어졌다. 빨간 껍질을 벗긴 하얀 사과가 다시 빨갛게 물들어가는 중이었다.

소설가가 그의 방에서 가져온 약으로 소독을 하고 붕대를 감아
주었다. 창백한 얼굴로 붕대 감는 걸 쳐다보면서 그가 말했다.

"왜 이제야 왔소?"

"미안합니다."

"할 말이 그것 밖에 없소?"

"너무나, 미안합니다."

그는 천천히 고개를 들어 하루코를 빤히 쳐다보았다. 하루코는
무릎을 꿇고 머리를 깊이 숙였다.

사실, 그는 그녀가 하루코가 아니란 걸 알고 있었다. 그녀는 하
루코가 아니고 하나코였으며 후쿠오카가 아닌 오사카에서 살았으
나, 하나코와 하루코의 삶은 크게 다르지 않아 하나코 역시 1970
년대에 이십 대를 맞아, 일본에서 핍박과 차별을 받으며 살지 말고
모든 인민들이 평등하게 잘 사는 사회주의 조국 건설을 위해 한 명
의 조선인이라도 더 북송선에 태우기 위해 젊은 날을 다 바쳤다.
그리고 그녀에게도 역시 만경봉호를 타고 북한으로 간 친척들이
있어서 이삼 년에 한 번씩 생활물자와 돈을 가지고 북한에 다녀오
는 일을 지금까지 계속 해오고 있었다.

하나코도 이미, 그가 재일교포 출신의 탈북자라는 걸 정자에 있
던 노인들로부터 들어 알고 있었다.

*

해가 넘어가고 있었다. 옆집 담장 그림자가 마당을 사선으로 나누고 있었다. 그는 팔로 얼굴을 받치고 모로 비스듬히 누운 채 점점 그림자를 넓혀가는 마당을 바라보고 있었다.

기적이다, 기적이야.

소리치던 그녀의 목소리가 귀에 쟁쟁했다.

전 집주인의 누나는 그녀를 분명히 기억하고 있었다. 한 번 본 적도 없던 이복 자매들은, 한 번 본 적도 없는 게 사실인지 어리둥절하리만큼 반가워하고 감격에 겨워했다. 어쩌면 원수라고 생각할 수도 있는 사이가 아닌가? 전 집주인의 누나가 말했다. "언니, 우리 어머니 이름은 호적에 올리지도 못했어요. 호적에는 언니 어머니의 이름이 올라가 있어요. 우리 형제들은 오랫동안 그 이름이 우리 어머니 이름인 줄 알고 살았어요." 두 사람의 통화가 끝난 후 그녀가 조금 허탈하게 웃으며, "우리 어머니의 이름은 강순용이 아니고 강순영인데……" 그러니 아버지는 어머니를 잘 알지도 못한 채 잊지 못했고, 어머니는 아버지의 심정은 조금도 모른 채 돌아가신 거라고 말했다.

뭐가 어찌되었든 그녀는, 생부가 자기를 잊지 않고 있었다는, 그 말만으로도 한 평생이 통째로 위로 받는 기분이라고 했다.

그에게도 기적은 있었다. 그가 북한을 탈출하던 1990년대 말만 해도 난민보호소도 없었고 중국의 한국대사관은 아무런 힘도 없었다. 고작 돈 천 원을 쥐어 주면서 잡히지 말라는 게 그들이 해준 전부였다. 그러나 이내 중국공안에 잡혀 북한으로 송환되었고 석 달이 넘게 온갖 고문을 당하면서 감옥에 갇혀 있었지만, 다행히 두 딸은 잡히지 않았다. 그렇다. 그에게는 딸이 있었다.

아내는 한때 김일성의 어머니 역할까지 맡아 연기했던 예술인이었다. 그녀는 후리후리하게 키가 크고 얼굴이 하얀 귀공자처럼 생긴 그를 보자마자 사랑에 빠져서 열렬하게 구애를 했다. 귀국자라는 성분 때문에 그녀 집안의 반대가 심했지만 사랑에 빠져 버리면 재간이 없는 것이다. 그러나 아무리 열렬한 사랑도 사상을 뛰어넘지는 못했다. 티브이뉴스에서 한국 데모하는 걸 보여줄 때, 저건 다 민주화를 하려고, 그나마 반대할 수 있는 자유라도 있다는 표시라고 그가 말하면, 그녀는 애초에 제도가 잘 못 되었기 때문이라고 반발했다. 사과를 보고 똥이라고 우기는 사람과는 눈곱만큼의 정도 나눌 재간이 없었다. 정 반대 방향을 향해 나가려고 하면 찢어지는 건 물리적 진리였다. 결국 아내와는 이혼했다. 그나마 결혼이라는 걸 하고 아이를 낳고 살던 시절에는, 운명에 승복했던 때였다. 아내는, 운명에 굴복하지 말라는 말을 해주려고 왔던 것일까? 이즈음 들어 아내를 떠올릴 때면 치 떨리게 싸우던 시절마저 고맙다는 생각이 들곤 했다.

죽음에게 들켜버린 운명에게도 반전은 있다. 일단 안면을 트게 되면 더 이상 두렵지 않다는 것, 어차피 삶의 끝이 죽음이라면, 깊은 호흡 한번 하고 다시 한 번 뛰어볼 기운을 끌어모으게 되는 것이다. 죽더라도 북한에서 죽지는 않겠다는 생각은 마지막 오기 같은 것이었다. 그는 다시 탈출을 시도했고, 중국에서 딸들과 재회했다. 그 사이 딸들은 용케도 한국의 아버지 형제들과 연락이 닿아 있었다. 그는 죽은 아버지가 술만 마시면 지겹게 되뇌던 아버지 고향에 대한 이야기들, 그리고 그곳에 살고 있을 아버지 형제들에 대한 이야기를 언젠가부터 무슨 구전설화처럼 딸들에게 들려 주고 있었다. 그러던 어느 순간, 그것이 지옥을 탈출할 수 있는 동아줄처럼 느껴졌다. 그건 그러니까, 술주정을 가장해서 아버지가 남긴 유산인 셈이었다.

중국에서 지내던 두 딸은 한국의 라디오프로에서 편지사연을 소개하는 걸 듣고는 북한에서 탈출하게 된 사연을 써서 보냈는데, 그게 전파를 타고 그의 사촌의 귀에까지 가닿아 마침내 그에게 연락이 온 것이다. 아버지의 남동생과 형의 아들 둘이 하얼빈까지 그들을 만나러 왔다. 그들은 장사밑천을 하라면서 돈 이천만 원을 내밀었다. 그는 고개를 저었다. 그는 굶어 죽을까 봐 목숨을 건 게 아니었다. 그가 목숨을 걸었던 건 인간으로서 죽고자 함이었다. 그의 사촌동생이 이리저리 수소문한 끝에 그와 그의 두 딸의 중국 국적을 샀다. 일인당 오백만 원이나 되는 거금이 들었다는 것도 놀라웠지만, 그것보다 더 놀라운 건 한 번 본 적도 없는 사람에게 베푸는

그들의 헌신이었다. 가장 같잖은 것은, 돈만 주면 살 수 있는 국적
이라는 것이었다. 돈이면 불가능한 게 없다는 건 이미 북한에서 뇌
수 깊이 각인된 것이었다.

관광객으로 위장해서 태국으로 입국한 후 한국 대사관으로 달
려 들어가고 호텔에 숨어서 한국 비자 나올 때를 기다려 마침내 한
국으로 입국할 때까지 어느 한순간 생사의 기로를 넘지 않은 때가
없었고, 어느 한순간 기적이 아닌 때가 없었다. 그중에서 가장 큰
기적은 역시 사람이었다. 그건 기억의 힘이었다.

*

하나코로부터 편지가 온 건 그로부터 두어 달쯤 지난 무렵이었
다. 그녀는 북한에 있는 조카들을 잘 만나고 돌아왔으며, 그가 여
동생에게 전달해 달라고 한 편지와 물품들을 조카들에게 단단히
부탁해 놓았으니, 조금도 걱정하지 말라고 쓰여 있었다. 가을에는
아버지의 산소에 성묘를 하러 한국에 갈 계획이며, 그때 그에게 들
려 이복동생들을 찾게 해준 것에 대해 감사의 인사를 하고 싶다고
했다.

그리고 추신 ;
하루코라는 분에 대해 제가 가진 인맥을 동원해서 좀 알아보았

습니다. 선생님께서 알고 계시는 분으로 추정되는 하루코라는 분은, 선생님이 북한으로 가시고 나서 이 년 후, 그러니까 1965년에 북송선을 탄 것 같습니다. 가족들은 가지 않고 그분 혼자만 갔다고 하니, 가족들을 찾게 되는대로 그분의 근황에 대해서도 알아볼 수 있을 거라고 생각됩니다.

선생님이 부탁도 하지 않았는데 제가 큰 실례를 저질렀습니다. 부디 용서해 주시기 바랍니다.

광
장
/

배명희

중앙일보 신춘문예로 등단했으며, 작품집으로 『와인의 눈물』이 있다.

나뭇가지에 연분홍 꽃이 촘촘히 달려 있다. 작은 봉오리 하나 남기지 않고 활짝 피었다. 만개한 꽃이 구름처럼 가지마다 걸려 있었다. 작은 꽃잎은 저마다 반짝였다. 천지에 꽃이 가득한데 내일은 비가 내린다고 했다. 만개한 꽃은 실처럼 가는 봄비에도 흔들렸다. 부는 듯 마는 듯 여린 바람에 꽃잎은 흩날려 떨어질 것이다.

박씨는 공중 화장실을 향해 갔다. 공원 뒷담을 따라 화장실로 향하는 길이 나 있었다. 요즘 들어 아랫도리가 자주 무지근했다. 나이 탓이려니 여기지만 아무래도 병원에 한 번 가야 하지 않을까 싶었다. 그런 생각을 한 지가 벌써 몇 달째였다. 의사는 말간 표정으로 괜찮다고 할 것이다. 가벼운 운동을 하고 짜고 매운 음식은 피하고 물을 자주 마시라고 하며 이것저것 박씨가 지키지도 못할 요구를 할 게 뻔했다. 그런 쓸데없는 말을 듣는 데도 몇 천 원이 들었다. 박씨는 자신도 모르게 미간에 주름을 만들었다.

꽃나무 아래 기다란 의자에는 노인들이 서넛씩 모여 있었다. 대개는 장기나 바둑을 두고 있었지만 더러는 화투를 펼쳐 놓은 치들도 있었다. 판 옆에는 동전과 지폐가 가지런히 놓여 있었지만 전부 합쳐 봐야 몇 천 원을 넘지 않았다.

집회가 있는 날은 점심을 주기 때문에 일찍부터 노인들이 모여들었다. 점심이라고 해 봐야 컵라면에 김치뿐이지만 노인들에게는 한 끼 식사 이상의 의미가 있었다. 라면 용기에 젓가락을 넣는 순간에는 모든 구별이 사라졌다. 그가 누구인지 무엇을 했는지 부자인지 가난뱅이인지 상관없었다. 모든 것은 뜨거운 국물 속에 녹아들어 아무것도 아닌 것이 되어 버렸다. 심장에 차곡차곡 쌓인 소외감과 불만이 더운 국물을 삼키는 동안 희미해졌다. 누군가 부드럽게 등을 쓸어 주는 것처럼 편안해지는 거였다. 이곳에 오는 이유는 어쩌면 한 그릇의 뜨거운 국물 때문인지도 몰랐다. 박씨는 다른 날과 달리 오늘은 일찍부터 속이 헛헛했다.

라면을 먹기 전에는 노인연합 사무실에서 강연이 있었다. 강사는 세상 돌아가는 이야기를 알기 쉽게 정리해 주었다. 대부분 정치나 경제에 관한 것이었지만 건강에 대한 상식을 말해 줄때 가장 솔깃해졌다. 반쯤 졸면서 강사의 이야기를 듣다 보면 시간은 금방 지나갔다. 오늘은 무엇에 대해서 강연을 한다고 했더라? 박씨는 가물거리는 기억을 더듬었다. 무슨 상관인가? 어딘가 갈 수 있다는 것, 이

나이에 무엇인가를 할 수 있다는 것이 중요하다고 생각했다.

강연이 끝나고 점심을 먹고 나면 광장 집회에 참석하는 게 정해진 순서였다. 광장 집회는 자신이 사회와 연결되어 있는 유일한 통로였다. 박씨는 빠지지 않고 집회에 참석했다. 갈 곳이 있다는 것, 해야 할 일이 있다는 것에 만족했다. 문제는 화장실이었다. 요즘 들어 전립선이 더 커졌는지 소변을 보는 게 불편했다. 광장에는 많은 사람이 한꺼번에 몰리기 때문에 화장실을 다니기가 여간 괴롭지 않았다.

금방이라도 쌀 것처럼 급하다가도 정작 소변기 앞에 서 있으면 좀처럼 오줌이 나오지 않았다. 박씨는 힘없이 늘어진 물건을 서너 번 털었다. 손가락에 오줌방울이 튀었다. 바지 지퍼를 올리며 돌아서다가 변가의 뒤통수를 발견했다. 손에 묻은 오줌은 이미 바지춤에 닦은 뒤였지만 박씨는 헛기침을 하며 변가 옆으로 갔다. 변가는 바지 주머니에서 손수건을 꺼내 꼼꼼히 손을 닦았다. 박씨는 수도꼭지를 비틀었다. 꽃피는 봄이건만 수돗물은 차가웠다.

"상가에 갈 거야?"

박씨의 질문에 변가는 고개를 가로 저었다. 자글자글한 주름이 얼굴에 가득하다. 변가는 손을 닦은 후 손수건을 차곡차곡 접어 주머니에 밀어넣었다. 다림질을 한 바지가 칼날처럼 줄이 서 있었다. 박씨는 다시 한 번 더 물었다.

"집회에는 갈 거지?"

박씨의 질문에 변가는 아무 말도 하지 않고 몸을 돌렸다. 박씨는 공중변소를 나가는 변가의 뒤통수를 노려보았다. 재수 없는 영감탱이. 입속에서 중얼거리다 문득 머리를 흔들었다. 영감탱이라니 요즘 칠십이면 한창이다. 재수 없는 놈이라고 해야 하지 않을까. 아직은 무슨 일이든 할 수 있는 일이 있을 것이었다. 하지만 일 할 곳이 없다. 새파랗게 젊은 것들도 일자리가 없는 판이니 할 수 없지 않은가. 세월 탓인 것이다.

화장실을 나간 변가는 왼쪽으로 몸을 틀었다. 노인 연합 사무실로 가려면 오른쪽 길로 가야 했다. 광장으로 가는 지하철을 타려고 해도 오른쪽 문으로 나가는 길이 가까웠다.

변가는 얼마 전부터 집회에 참석하지 않았다. 사람이 변한 것 같았다. 무엇에 홀린 것처럼 몽롱한 눈빛으로 공원을 배회하다 어디론가 사라지곤 했다. 사람이 갑자기 변하면 일이 닥친다는데. 변가는 자잘한 꽃들이 안개처럼 피어 있는 나무 사이로 걸어갔다. 김씨가 세상을 떠난 마당에 변가까지 어떻게 된다면. 생각만 해도 박씨는 마음이 스산해졌다. 박씨는 꽃 그림자를 떨구고 있는 나무 아래에 서서 잠시 하늘을 보았다. 화사한 햇빛에 눈이 부셨다. 박씨는 변가가 멀어지기 전에 따라잡으려고 걸음을 옮겼다. 다행이 변가는 담 모퉁이를 돌기 전에 장기를 두고 있는 사람들에게 잡혀 있었다.

"김씨네 안 갈 거여?"

모자를 쓴 이가 장기판에서 눈을 떼지도 않고 말했다. 박씨는 변가의 표정을 살폈다. 변가는 팔뚝을 들어 손목시계를 보았다.

"내일이 발인이라는데 갈려면 오늘 가야 할 거여."

베이지색 봄 점퍼를 입은 이가 혼잣말하듯 중얼거렸다. 장기판
에서 시선을 둔 채 독백하듯 말을 했다.

"자네들이 문상을 가면 부조나 쪼깨 전할까하고 말이여."

변가는 대답은 않고 초조한듯 고개를 빼 시선을 먼 곳으로 보냈다.

"김씨한테 신세를 많이 졌어. 늙은이가 문상 다니기는 그렇고
사람 구실은 해야 할 것 같아서 말이야."

베이지색 봄 점퍼는 장기를 두던 손을 멈추고 얼굴을 들어 박씨
와 변가를 번갈아 쳐다보았다. 나는 몰라도 너희 둘은 가야하는 거
아니야, 그런 표정으로 말했다.

"대형 마트인지 창고형 할인 매장인지가 골목까지 밀고 들어올
줄 누가 알았겠어?"

김씨는 아들이 운영하던 골목 슈퍼마켓이 부도가 난 후 쓰러졌
다. 파산한 아들 탓인지 나이 탓인지는 알 수 없었다. 김씨에게는
아들이 몰락한 사실이 더 큰 충격이었을 거라고 박씨는 생각했다.
김씨는 출출할 때면 어김없이 새우깡과 막걸리를 사들고 나타나
곤 했다. 바로 이 자리에서 박씨는 김씨와 변가와 셋이서 자주 모
여 앉아 시간을 보냈다. 겨울에는 종일 햇볕이 드는 양지인데다 여
름에는 무성한 나무 그늘이 드리워져 공원에서는 명당이라 일컫
는 곳이다. 김씨가 더 이상 공원에 오지 않게 되자 박씨와 변가는

오래된 느티나무가 서 있는 명당에서 밀려났다. 그동안 김씨가 박씨와 변가의 느티나무였던 것이다. 공원 역시 돈의 힘이 작용하는 작은 세계였다.

공원 주변에는 비싸지 않은 식당들이 많았다. 김씨는 이따금 그런 식당에서 점심을 사기도 했다. 김씨의 형편에는 크게 부담이 가지 않는 수준의 지출이었다. 어느 사이에 김씨가 술값과 밥값을 내는 것이 당연한 일이 되어 있었다. 박씨와 변가는 차츰 김씨에게 크게 고마워하거나 미안해하지 않게 되었다.

그런데 언제부터인가 김씨는 십 원짜리 한 장 쓰지 않았다. 뿐만 아니라 지난 여름에 접어들면서는 별 것 아닌 일에 김씨는 버럭 화를 내기도 했다. 변가는 김씨가 노망이 났다고 치부해 버렸다. 하지만 김씨를 맏형처럼 의지하고 따르던 박씨는 갑자기 변한 김씨가 몹시 서운했다. 늘 얻어먹다 보니 이제는 무시를 당하는구나 하는 자격지심까지 생겼다. 소심한 박씨는 김씨의 눈치를 살피며 데면데면하게 굴었다. 김씨가 나타나면 박씨는 슬쩍 옆길로 들어가곤 했다. 그러면서도 김씨가 자신을 불러 주길 기다렸지만 김씨는 못 본 척 지나가 버렸다. 천 원짜리 두어 장만 있어도 박씨는 김씨를 불러 세웠을지도 모르겠다. 하지만 단 돈 천 원도 손에 들어오지 않는 날이 허다했다. 속마음과 달리 박씨는 김씨와 점점 소원해졌다. 그러다 어느 날 부터인가 김씨는 공원에 발길을 끊어 버렸다. 김씨가 사라지자 셋이서 모이던 명당의 벤치는 다른 사람들이 차지해 버렸다.

　모자는 손안에서 장기 알을 굴리며 중얼거렸다.

　"쪼까 아까운 나이여. 몇 년은 더 살아야 하는데."

　박씨는 주머니에 손을 넣었다. 빈 곳간처럼 헐렁했다. 천 원짜리 한 장 없었다. 변가에게 묻어 문상을 간다면 그나마 빈손이 덜 부끄러울 것 같았다. 변가는 얼마라도 조의금을 낼 것이다. 그림자처럼 변가에게 붙어 있으면 다른 사람의 눈치를 살피지 않고 마지막으로 김씨의 영정이나마 실컷 볼 수 있을 거라 생각했다. 그동안 문병 한 번 가지 않은 자신의 옹졸한 처사가 한심스러웠다. 영정에게라도 자신을 용서하라고 말하고 싶었다. 그래야 마음이 편할 것 같았다. 김씨의 마지막 길에 노잣돈 만 원도 보태지 못하는 처지라니. 김씨를 모욕하는 것 같아 혼자서는 도저히 발이 옮겨지지 않았다. 박씨는 헐렁한 주머니 속에서 손가락을 꼼지락거렸다. 변가에게 이만 원만, 아니 만 원이라도 빌려달라고 할까. 하지만 좀처럼 입이 떨어지지 않았다.

　박씨는 부드러운 봄볕 속에 서 있었다. 오래된 스웨터의 빛바랜 색깔이 환한 빛 속에서 움츠러들었다. 박씨는 실오라기가 풀려 나달거리는 스웨터의 소매 끝을 재빨리 접어 안으로 밀어 넣었다. 무릎이 튀어나온 바지가 오늘따라 자꾸 흘러내렸다. 박씨는 허리춤을 잡아 바지를 당겨 올렸다. 돈을 빌린다 해도 언제 갚을지 기약할 수 없었다. 변가의 형편도 어떨지 가늠할 수 없었다. 변가도 박씨처럼 돈이 생길 곳이 없기는 매한가지였다. 손을 내밀 곳은 마른 수건 짜듯 살고 있는 어려운 자식뿐이었다. 박씨는 남몰래 한숨을 내쉬었다. 가난만 대물림해 준 주제에 무슨 낯짝으로 자식에게 손을 내밀겠는가. 좁은 우리에 갇힌 짐승처럼 숨이 막혔다.

박씨는 공원의 시계탑을 쳐다보았다. 집회까지는 아직 시간이 남아 있었다. 공원 밖에 있는 노인연합 사무실에서 강연을 듣고 컵라면을 먹은 후 느긋하게 광장으로 가도 시간은 충분했다. 무료한 사람들은 둘씩 셋씩 무리를 짓거나, 홀로 공원을 나가고 있었다. 겨울 동안 다소 뜸했던 광장 집회가 다시 활발하게 열리고 있었다.

박씨가 머뭇거리는 사이에 변가는 저만치 가고 있었다. 박씨는 부리나케 변가의 뒤를 쫓았다. 허술한 옷에 구멍이 생긴 것처럼 몸 안으로 바람이 드나들었다. 구름 위를 걷는 것처럼 박씨의 다리가 휘청거렸다. 공원 후문으로 향하는 가느다란 길 위로 유리 가루처럼 자잘한 햇빛이 쏟아졌다. 변가는 후문으로 이어지는 모퉁이로 꺾어 들었다.

변가도 김씨처럼 되지 말라는 법은 없었다. 모두 그럴 나이였다. 빠지지 않고 참석하던 광장 집회에 변가가 나타나지 않는 것부터가 이상한 조짐이었다. 변가와 마주 앉아 이야기를 나눈 것이 언제이었나 짚어 보았다. 변가에게 변고가 생긴 걸까. 슬며시 공원에 나타났다가 소리 없이 가 버리는 이유가 무엇인지 박씨로서는 짐작이 가지 않았다.

후문으로 이어지는 담벼락에는 먹으로 그린 것 같은 꽃그림자
가 짙었다. 꽃을 가득 매단 나무 가지 사이로 투명한 햇살이 통과
하여 바닥에 부딪쳐 튀어 올랐다. 눈이 부셔 박씨는 반쯤 감은 눈
으로 둘러보았다. 분홍 꽃이 만발한 나무 사이로 언뜻 날 선 변가
의 바지가 어른거렸다.

박씨는 변가와 마지막으로 함께 갔던 집회를 떠올렸다.

광장에 부는 바람 끝이 날카롭던 날이었다. 박씨는 점퍼에 붙은
모자를 끌어올려 머리를 감쌌다. 마스크로 얼굴을 가리고 장갑을
끼고 있는데도 한기가 들었다. 집회에 참석한 사람들이 대부분 두
툼한 겨울 외투를 입고 있어서인지 시위 인원은 실제보다 많아 보
였다. 노인연합 시위대 옆에는 늘 그렇듯 이모부대가 자리 잡고 있
었다. 이모라는 말이 아줌마나 엄마보다는 젊게 느껴진다고 해서
붙인 명칭이라고 했다. 오십 여명 쯤 되는 이모부대의 면면은 늙은
엄마나 할머니 쪽에 훨씬 가까웠다. 여자들이란 젊어 보이기 위해
서라면 무엇이든 할 수 있는 존재인 모양이었다. 변가는 박씨의 귀
에 입을 갖다 대고 할망구도 여자인지라 분위기는 좋다며 벙글거
렸다. 이모부대의 울긋불긋한 옷 색깔이 삭막한 겨울바람을 맞고
있는 광장을 다소나마 생기 있게 만들고 있는 것은 사실이었다. 역
시 여자가 있어야 해. 그날따라 변가는 기분이 좋은지 수다를 떨며
연방 싱글거렸다.

어쩌면 집회가 끝난 후에 나눠 준다는 식권 때문에 들떴을 수도

있었다. 날씨가 추운 탓에 특별히 갈비탕이나 설렁탕 식권을 나눠
준다는 소문이 돌았던 것이다. 기대에 찬 노인들은 추운날씨에도
아랑곳 않고 자리를 지켰다. 박씨는 주머니에 손을 깊이 찌르고 변
가 옆에 바짝 붙어 있었다.

　노인들은 구호를 외치며 천천히 광장을 한 바퀴 돌았다. 초반에
집회 분위기를 띄우기 위한 수단 중 하나였다. 광장의 중앙에 다다
르자 지정된 자리에 플라스틱 의자가 줄을 맞춰 가지런히 놓여 있
었다. 자리를 잡고 앉자 대형 스피커에서 신바람 나는 음악과 어
깨가 저절로 들썩이는 군가가 번갈아 나오기 시작했다. 음악이 중
단되는 사이에는 선창의 구호가 있었다. 선창을 따라 몇 번 소리
를 지르다 보면 차가운 날씨에도 몸속의 피는 쉭쉭 소리를 내며 돌
곤 했다. 시위대의 함성과 대기를 뒤흔드는 커다란 노래 소리에 섞
여 들면 무당이 공수를 받고 펄쩍펄쩍 뛰고 넘는 것처럼 몸과 마음
이 가벼워졌다. 그때만큼은 며느리가 집을 나간 사실을, 대리 운전
을 나간 아들이 새벽녘 길바닥에서 서성이는 것을, 손주 녀석이 강
의실 대신 편의점에서 유통 기한이 지난 삼각 김밥을 씹으며 계산
대에 앉아 있다는 것을 깡그리 잊었다. 칠십을 넘긴 자신에게 밥상
한 번 차려 줄 사람이 없다는 게 그 순간만큼은 아무렇지도 않았
다. 잠이 오지 않아 어둠 속에서 뒤척일 때의 외로움은 점차 희미
해지고, 어두운 새벽 무거운 허리를 들고 자리에서 일어날 때의 암
담함이 사라졌다. 나이 같은 것은 개나 물어가라지. 터무니없이 자

87

신감이 솟아 눈앞의 거치적거리는 모든 것을 부숴 버릴 수 있을 것 같았다. 표현할 길 없는 울분을 심장에서 꺼내 바닥에 내동댕이치고 싶었다. 화려한 도시 어느 구석에서 짐승 마냥 소리 지르고 여윈 주먹을 휘두르며 날뛸 수 있겠는가. 이곳, 광장이야말로 해방구였다. 늙은 손아귀에서 가난이 바스라졌고 외마디 절규에 몸뚱이를 짓누르던 고통이 날아가 버렸다.

강사는 집회에 참석하는 것이 바로 국가와 민족을 위해 봉사하는 일이라고 강조했다. 그렇다면 당연히 노인들이 나서야 한다고 박씨는 생각했다. 젊은이들은 먹고 사는 일만으로도 숨이 목 밑까지 차올랐다. 손주 녀석만 해도 그랬다. 밤낮으로 일해도 한 학기 등록금도 되지 않았다. 나라 일에 신경을 쓸 여유가 없었다.

경제가 나빠지는 것은 사사건건 나랏일에 반대하는 사람들 때문이라고 강사는 말했다. 이럴수록 정부를 응원해야 한다고 강조했다. 박씨는 고개를 끄덕였다. 잘살려면 허리띠를 졸라매야 한다. 흥청망청 써 버리면 거지꼴 나기 십상이었다. 애들에게 밥을 공짜로 먹이는 것, 그 돈이 어디서 나오겠는가. 돈이란 물과 같아 단단히 가두지 않으면 손가락 사이로 술술 빠져나가버렸다. 나라에 돈이 쌓이면 노인들에게 연금도 주고 애들 밥도 당연히 공짜로 줄 것이다. 강사는 목에 힘줄이 불거지도록 외치고 또 외쳤다. 몇몇 영감들은 나라에 돈이 없는 게 아니라 줄 마음이 없는 거라고 강사를 향해 삿대질을 했다. 노인 기초연금을 준다고 철석같이 약속해 대선 때 표를 주었더니 그 돈 20만 원도 주지 않는 정부가 무슨 소용이 있냐며 항의하다가 직원들에게 끌려 나갔다. 그래 봐야 그들만 손해였다. 컵라면 하나라도 가끔 손에 쥐는 몇 푼의 돈이라도 그곳에 있어야 챙길 수 있었다. 세상에 공짜는 없었다.

박씨는 선창의 구호를 따라 외쳤다. 노인들이 내지르는 공허한 악다구니에 청명한 하늘이 비틀거렸다. 변가는 목을 길게 빼고 이모 부대 쪽을 흘금거렸다. 박씨는 변가가 마음에 드는 할망구라도 발견한 줄 알았다. 그런데 변가의 표정이 어두워지더니 입을 꽉 다물어 버렸다. 주름 가득한 변가의 얼굴이 차츰 우그러졌다. 박씨는 변가의 옆구리를 쿡쿡 찔렀다.

"죽은 마누라 생일이야? 왜 그래?"

박씨는 변가의 시선이 향한 곳으로 무심코 고개를 돌렸다. 옆으로 나란히 앉아 있어서 잘 보이지 않던 현수막이 박씨의 눈앞으로 뛰어들었다. 삼 미터는 족히 넘는 기다란 현수막이 이모부대의 대열 앞에 가로로 걸려 있었다. '놀러 가다 죽은 것도 세금으로 배상하나?'라는 굵은 글귀가 쓰여 있었다. 현수막은 이모부대뿐 아니라 노인연합의 시위 대열 앞과 뒤에도 울타리처럼 쳐져 있었다. 가로 세로가 서너 뼘 크기의 손 피켓이 머리 위에서 우쭐거렸다. '교통사고 당한 것을 왜 국가가 배상하나?' 등의 글이 써져 있었다. 붉은 피켓 수십 개가 알지 못하는 사이 머리 위에 만장처럼 솟아 있었다.

사월에 제주도로 향하던 배가 진도 앞 바다에서 침몰했다. 수학여행을 가던 고등학생과 여행객 수 백 명이 침몰하는 배에서 나오지 못하고 바다에 빠져 목숨을 잃은 사고였다. 사고 당일 많은 사람들이 지켜보는 가운데 삼백 명이 넘는 사람들이 차가운 물속으로 가라앉았다. 박씨도 며칠 동안 텔레비전 앞에 앉아 연신 혀를 차며 애를 태웠다. 주변에 떠 있는 큰 배나 군함, 헬리콥터 같은 것들이 왜 그들을 구조하지 않는지 안타까웠다.

수학여행 가던 고등학교 2학년, 봄처럼 고운 수백 명의 아이들이 이해할 수 없는 상황 속에서 죽어 갔다. 바다에 뛰어내리라는 방송만 했어도 아이들을 살릴 수 있었다는 소문이 돌았다. 죽은 아이들의 부모는 단 한 명도 살아 돌아오지 못한 이유를 밝혀 달라고 시위 중이었다. 눈앞에서 자식이 죽어 가는 것을 지켜 본 부모들이었다.

박씨는 현수막을 보고 얼굴이 굳어졌다. 귓가에서 왕왕거리는 구호 소리가 그제야 귀에 들어왔다. 방금까지 자신의 입에서 터져 나온 말이었다. '고마 해라 지겹다' 경상도 사투리의 억양까지 흉내 내어 박씨는 생각 없이 선창을 따라 팔까지 들어올렸다. 박씨는 위로 치켜든 수많은 팔들을 보았다. 노인들이 뱉은 말은 비수가 되어 죽은 아이들의 부모를 향해 날아갔다. 변가의 고개가 점점 수그러들었다.

지겹다는 것은 당최 말이 안 되는 소리였다. 자식과 가족이 어떻게 죽어 갔는지 알고 싶은 것은 당연한 일이었다. 배를 탈출해 바다에만 뛰어들었어도 다 살릴 수 있었다고 하지 않는가. 당시에 침몰하는 배 주변에는 어선과 많은 배가 대기하고 있었다고 했다. 어선을 타고 침몰하는 배 주변에 있던 어부들은 애가 타서 발을 동동 굴렸다고 했다. 구명조끼를 입고 있었으니까 바다에 뛰어내리기만 하면 건져 줄 터인데 어째 아무도 나오지 않는 지 의아해하면서 말이다. 유가족들은 왜 배 안에 가만히 있으라고 아이들에게 수 십 번이나 방송을 해 댔는지 이유나 알자고 절규했다. 이모부대와 노인연합 측에서는 고성능 스피커의 볼륨을 한껏 올려 부모들의 소리를 덮어 버렸다. 죽은 아이들의 그 어떤 흔적도 광장 밖으로 새 나가지 않도록 현수막으로 울타리를 쳤다. 구호 선창자는 죽은 아이들의 부모가 시위를 중단하는 것이 죽은 경제를 살리는 길이라고 눈을 부릅뜨고 외쳤다. 늙은 남자와 여자들은 자신들의 어깨에 국가 경제가 매달린 것처럼 굴었다. 박씨는 머리 위로 쳐들었던 팔을 슬그머니 내렸다.

아무리 길다 한들 죽음을 애도하는 일이 지겨울 수 있겠는가. 아내가 죽은 지 십 년이 넘었지만 지금도 아내를 떠올리면 박씨는 가슴이 저렸다. 일찍 병원에 갔더라면 좋았을 텐데, 수술을 했더라면 좀 더 살지 않았을까, 하는 생각이 뇌리를 떠나지 않았다. 최소한 아내가 죽어 갈 때 손이라도 잡고 있었더라면 몸통이 텅 빈 것처럼 허탈하지는 않을 거였다. 돈이 없어 제대로 치료를 하지 못했다 쳐도 아내가 좋아하던 수육 한 번 못 사 준 것은 여전히 가슴 가운데 걸려 있었다. 먹고사는 일이, 바위 덩이처럼 무거운 병원비가 박씨의 손과 발을 옭아매어 간병 한 번 제대로 못해 주고 병든 아내를 버려둘 수밖에 없었다. 어느 날, 일을 마치고 집에 갔더니 아내는 어둠 속에 누워 있었다. 박씨를 기다렸는지 눈을 감지도 못한 채였다. 박씨는 떨리는 손으로 아내의 얼굴을 쓸어 주었다. 자신의 죽음을 바라보며 홀로 생의 마지막 시간을 견뎠을 아내를 생각하니 눈물도 나지 않았다. 자신에게 스며드는 죽음을 보는 것은 얼마나 무섭고 두려웠을까? 아내를 생각하면 박씨는 마른 껍질처럼 온몸이 버석거렸다. 껍데기만 남은 박씨의 머리로도 이모부대와 노인들이 외쳐대는 구호는 사람이 할 수 있는 말이 아니라고 생각되었다.

가족을 잃은 사람에게 '우리가 지겨우니 이제 너의 애도를 그쳐다오' 라고 할 권리는 누구에게도 없었다.

"그만 가자."

변가는 차가운 의자에서 벌떡 몸을 일으켰다. 박씨는 플라스틱 의자에 반쯤 엉덩이를 걸친 채 엉거주춤 일어났다. 광장은 이제 노인들이 내지르는 소리가 만나고 부딪쳐 맴돌면서 짐승처럼 으르렁댔다. 이모부대의 선두에는 검은 안경을 쓴 여자들이 따리 틀고 앉아 뱀처럼 붉은 입을 활짝 열었다. 기다란 혀가 허공을 감을 때마다 끈적이는 침이 가슴으로 떨어졌다. 변가는 이모 부대 쪽을 힐

끗 쳐다보더니 고개를 돌려 버렸다. 박씨는 다급하게 변가의 팔을
잡았다.

"조금만 있으면 집회 끝나고 식권을 나눠 줄 텐데……"

박씨의 말이 끝나기도 전에 변가는 박씨의 손을 거칠게 떨쳐냈
다. 박씨가 망설이는 사이 변가는 사람들을 헤치고 열을 빠져나갔
다. 박씨는 시위대를 벗어나 멀어지는 변가의 뒷모습을 오래 바라
보았다. 변가처럼 떨치고 일어서지 못하는 자신이 부끄러웠다. 이
렇게 추운 날, 갈비탕 혹은 설렁탕일지도 모르는 식권을 포기하는
것은 인간의 도리나 의리를 지키는 것보다 어려웠다. 박씨는 물속
으로 가라앉듯 천천히 몸을 낮춰 도로 자리에 앉았다. 늘 그랬다.
사는 일은. 의자의 차가운 감촉이 여윈 엉덩이에 고스란히 전해지
는 것처럼 견딜 수밖에 없는 것이었다. 트로트풍의 유행가가 세상
에서 가장 큰 소리로 귀청을 때렸다. 의자에 걸쳐진 노인들의 쇠약
한 다리가 이따금 리듬을 따라 움찔거렸다. 박씨는 검버섯이 핀 손
으로 자신도 모르게 의자의 팔걸이를 후려쳤다.

그날 이후 변가는 공원에 오래 머물지 않았다. 공원 구석에서 바
둑을 두다가 집회에 가기 위해 노인들이 지하철역으로 몰려가는
시간이 되면 어디론가 가 버렸다. 박씨는 빈 광장에 혼자 남겨진
것 같았다. 아내처럼 아무도 모르게 죽어 가는 게 아닐까 겁이 날
때도 있었다. 오랜 친구인 자기에게 변가가 털어 놓지 못할 일이
무엇이란 말인가. 박씨는 툴툴대면서 변가를 찾아 공원을 샅샅이

둘러보았다. 하루는 변가를 잡고 대체 무슨 일이 있냐고 물어보았다. 변가는 우물거리며 박씨의 시선을 피했다.

변가가 광장 집회에 나가지 말라고 하면 그럴 작정이었다. 까짓 데모쯤이야 늙은이 하나 없다고 안 될 것도 없었다. 박씨나 변가 같은 노인은 공원에 차고 넘쳤다. 어디에서도 환영받지 못하는 늙은이도 광장 집회에는 대환영이었다. 컵라면도 주고 그럴싸한 명분도 있었다. 국가와 국민을 위한 집회라는 거창한 이름표를 달았다. 그러나 박씨에게는 집회보다 변가가 더 중요했다. 소심한 박씨는 새삼 친구를 만들 변죽도 능력도 없었다. 공원에서조차 막걸리라도 살 수 있어야 친구도 생겼다. 김씨가 없는 공원에 박씨가 속마음을 풀어 낼 상대는 변가뿐이었다. 온종일 한마디도 하지 못하고 집으로 돌아갈 때가 되면 입 냄새가 풀풀 풍겼다.

변가도 김씨처럼 몹쓸 병에 걸린 것은 아닐까 걱정되었다. 가끔 눈에 띄는 변가의 얼굴빛이 예전보다 나쁘지는 않았다. 옷차림도 그런대로 신경을 쓴 흔적이 보였다. 바지에 다림질을 할 정도면 걱정할 정도의 일은 생기지 않은 것도 같았다. 박씨는 작은 돌이 촘촘히 박힌 오솔길을 걸으며 나이가 들면 겉으로만 봐서는 알 수 없는 일도 있는 법이라고 생각했다.

박씨는 오늘 변가와 함께 장례식장에 꼭 가고 싶었다. 변가에게 돈을 빌려 조의금을 낼 수 있으면 더할 나위 없이 좋겠다고 생각했다. 김씨의 마지막 길에 몇 푼의 노자라도 보태야 사람 구실을 할 것 같았다. 변가에게 빌린 돈은 어떻게 갚을지 계산도 없었다. 당분간은 돈이 생길 구멍은 없었지만 일단 빌려 쓰고 나중에 아들에게 부탁해 볼 작정이었다. 염치없지만 손주에게 말해 볼 생각도 했다. 착한 놈이니 할애비의 부탁을 외면하지는 않을 것이다. 박씨는 평생 가족을 위해 일을 했다. 소박한 밥상이 있었고 아이들도 쑥쑥 컸다. 아내가 아프기 전에는 작은 집이지만 내 집을 가진 적도 있었다. 박씨는 자신의 온 생을 바쳐 해 온 일이 이처럼 보잘 것 없다는 것이 믿어지지 않았다.

강사는 우리가 이만큼 경제를 발전시킨 것은 쿠데타로 정권을 잡은 대통령 덕이라 했다. 그리고 대기업 창업자나 똑똑한 사람 몇 명의 재능과 업적이 오늘처럼 잘 사는 나라를 만든 거라고 강조했다. 그럴 때마다 박씨는 석연찮은 느낌이 들었다.

언젠가 박씨는 김씨와 변가에게 이 석연찮은 감정에 관해 말을 꺼냈다. 박씨의 말에 변가는

"공장이나 도로, 작은 나사못 하나까지 당신이나 나 같은 사람이 만들었지. 이 두 손으로 말이야." 하며 거친 손을 눈앞에 활짝 펴 보였다. 박씨는 변가의 그런 터무니없는 자신감을 좋아했다.

"대통령이나 잘난 몇 명이 아니라 우리가 열심히 일해서 세상을 이만큼 만든 거라고. 그러니 어깨를 쫙 펴고 다녀. 자 어깨 좀 펴란 말이야."

술이 얼큰해진 변가는 박씨의 어깨에 양 손을 얹고 안마하듯 주

물렀다. 술이 취하면 변가는 김씨에게 아이처럼 아양을 떨었다.

"형. 한 병만 더 . 응,딱, 한 병만⋯⋯"

평소에 조용한 박씨도 술이 들어가면 말이 많아졌다.

"누구도 우리의 수고를 알아주지 않아. 평생 일을 한 이 손을 따뜻하게 잡아 주는 사람은 아무도 없거든. 자식 새끼까지 말이야. 그게 세상이더라고."

말문이 트인 박씨가 불평을 하자 김씨는 껄껄 웃었다.

"나는 살아 있다. 왕년의 내가 여기 있단 말이야. 나 아니었으면 너희들은 없었다구. 까불지 말란 말이야. 이렇게 말해. 큰 소리를 치라고."

김씨는 술이 선사하는 유쾌한 시간을 좋아했다. 그는 멋진 낭만주의자였다. 김씨 덕에 세 사람은 젊은 날의 자신과 만났다. 누가 먼저랄 것도 없이 내가 젊었을 때는 말이야, 를 꺼내들고, 희망에 대해 아무런 의심도 않던 푸르른 과거로 돌아가곤 했다.

작은 꽃들이 혼신의 힘을 다해 길가에 피어 있었다. 박씨는 변가가 자신을 피하는 이유를 오늘은 반드시 물어볼 작정이었다. 변가는 오솔길을 벗어나 막 후문을 빠져나가는 중이었다.박씨는 변가를 제지하듯 다급하게 손을 쳐들었다. 손을 흔드는 대신 소리를 질러야 한다고 깨달았을 때 누군가 변가의 앞을 가로 막았다.

봄볕처럼 투명한 스카프가 어깨에 놓여 있었다. 붉은 입술이 이슬 맺힌 꽃망울처럼 요염했다. 박씨는 허공으로 치켜든 손을 거두지도 소리 높여 변가를 부르지도 못했다. 줄이 선 바지와 하늘거리는 분홍 레이스의 스카프가 가까워졌다. 스카프는 변가의 팔에 매달리며 활짝 피어나는 꽃처럼 입을 열었다. 연분홍 레이스가 감싸고 있는 얼굴은 어딘가 낯이 익었다. 하늘의 가장 높은 곳에 올라갔다가 기울어지기 시작하는 태양이 머리 위에 멈춰 있었다. 여자의 얼굴이 공기가 차오르는 풍선처럼 차츰 윤곽을 갖췄다. 박씨는 걸음을 멈췄다. 자기도 모르게 목구멍으로 꿀꺽 침이 넘어갔다.

공중변소 근처나 뒷문 후미진 구석, 혹은 공원 바깥 동네로 통하는 좁은 골목 어귀에서 이따금 마주치던 얼굴이었다. 핸드백에서 박카스를 꺼내 건네 주며 "놀다 가. 잘해 줄게."라며 팔을 슬쩍 건드리던 여자였다. 어쩌면 아닐지도 모른다. 하지만 그런 구별이 무슨 의미가 있을까. 여자인 것이다. 박씨에게 눈웃음을 쳤고 나긋한 목소리에 애교가 스며 있었다. 그것만으로도 박씨는 가슴이 떨렸다. 얼마 만이었던가. 심장이 미세하게 흔들리던 느낌이. 그때 박씨는 마음과 달리 여자가 내미는 박카스를 거칠게 밀쳐 버렸다. 여자가 타이르듯 박씨에게 말했다.

"후회하지 않게 해 줄게. 같이 가요."

그런 말은 필요 없었다. 여자의 손을 내치는 순간 이미 지독한 후회가 박씨를 엄습했다. 사실은 앞뒤 가리지 않고 여자를 안고 싶었다. 누군가의 엄마이자 할머니인 여자. 곱게 화장을 한 얼굴 한 꺼풀 아래에는 삶에 지친 깊은 고랑이 새겨진 진짜 얼굴이 있었다.

박씨는 그녀를 따라 작은 방으로 숨어들고 싶었다. 늙은 여자의 몸뚱이를 안고 이마에서 굵은 땀이 뚝뚝 떨어지도록 몸부림치고 싶었다. 껍질만 남은 몸뚱이라도 상관없었다. 쭈그러진 여자의 젖가슴 사이에 코를 묻고 잠들고 싶었다. 그것도 불가능하면 따스한 손이라도 잡고 싶었다. 여자와 잔 후 병이 걸렸다는 소문을 들으면 되레 소문 속의 영감탱이가 부러웠다.

단속이 뜨면 박카스를 내밀던 여자들은 일제히 사라졌다. 그런 날 공원은 비바람에 꽃이 떨어진 빈 가지처럼 쓸쓸했다. 늙은 여자는 자식 같은 단속원에게 잡혀 가면서, 한 번만 봐 줘. 다시는 안 그럴게. 내 손에 크는 손주 새끼들이 자그마치 셋이야. 라고 애원했다. 어린 것들만 남겨 두고 죽었거나 멀리 떠나 버린 자식이 겹쳐지는 처연한 얼굴이었다. 늙은 여자의 옷자락을 잡고 가는 단속도 난감한 표정이었다. 박씨는 단속의 손에서 여자를 구출해 주는 용감한 기사가 되고 싶었다. 그러나 여자에게 손가락질을 하는 다른 사람들처럼 냉담한 표정을 지었다.

봄날 오후의 꽃그늘이 짙었다. 밝은 빛 뒤에 숨어 있던 그림자가 몸을 떨었다. 박씨는 변가와 분홍 스카프가 보이지 않을 때까지 담벼락에 핀 색도 향기도 없는 검은 꽃을 물끄러미 보았다. 봄바람에 엄지손톱만 한 꽃잎 하나가 바람에 떨어져 날렸다.

박씨는 방금 막차를 놓쳐 버린 여행객처럼 막막했다. 어디로 가야 할까. 박씨는 천천히 공원을 벗어났다. 횡단보도 앞에 있는 오

래 된 삼 층 건물 앞에 멈춰 섰다. 건물은 군데군데 칠이 벗겨지고
귀퉁이가 바스라지는 중이었다. 왕복 팔차선 도로 건너편 구역은
이쪽과는 딴판이었다. 유리와 스틸로 만들어진 초고층 건물들이
오만하게 공원을 굽어보았다. 길 건너 초고층빌딩은 전체가 외국
어 학원이 들어 있었다. 김씨는 자신의 손녀가 그곳에서 영어를 배
운다고 자랑을 하곤 했다. 곧 유학을 갈 거라는 말도 덧붙였다. 그
럴 때마다 박씨는 휴학을 하고 등록금을 벌고 있는 손주를 떠올렸
다. 김씨의 손녀는 여전히 학원에 다니는지 궁금했다. 집이 몰락했
는데 유학을 갈 수 있을 것 같지는 않았다. 박씨는 짐작해 본다. 학
원에 다닌다 해도 오늘은 오지 않을 것이다. 할애비의 장례일인 것
이다.

노인들이 유령처럼 걸어 다니는 공원길과 달리 고층 빌딩이 즐
비한 건너편은 한여름 무성한 녹색 숲처럼 힘이 넘쳤다. 길 하나를
사이에 두고 평화공원과 외국어 학원 거리는 과거와 미래만큼이
나 떨어져 있었다.

박씨는 빨려들 듯 낡은 건물로 들어가 때묻은 계단을 밟았다. 이
곳은 잠시나마 쓸쓸함을 외면할 수 있는 공간이었다. 뜨거운 국물
로 헛헛한 속을 채울 수 있고 자신에게 말을 거는 사람이 있는 유
일한 장소였다. 이곳은 또 광장으로 연결되는 통로이기도 했다. 광
장에서는 노래하며 소리 지르고 힘이 빠진 팔뚝이나마 마음껏 휘
둘렀다. 그 시간만큼은 어떤 충만함이 껍질만 남은 허술한 몸뚱이

를 채워 주었다. 김씨는 어둑한 계단을 걸어 복도를 지났다. 익숙한 냄새가 복도를 떠돌았다. 문 안쪽에서 웅성거리는 소리가 벽을 타고 흘러나왔다. 박씨는 문상을 가는 대신 광장으로 가야겠다고 생각했다. 변가 때문에 어쩔 수 없이 하게 된 선택이라는 사실이 다소 위안이 되었다.

잠시 후, 박씨는 지하철을 내려 승강기에 몸을 실었다. 노인들을 빼곡히 싣고 승강기는 어두운 땅 속에서 빛이 있는 지상으로 올라왔다. 문이 열리자 노인들은 김빠진 맥주처럼 승강기를 빠져나왔다. 힘을 잃고 밀려다니는 물결처럼 광장으로 향하는 행렬은 무기력하게 움직였다. 몸에 붙은 외로움은 이내 시들한 열기와 외마디 비명 같은 외침으로 바뀔 것이다. 그러다 보면 운 좋게도 더운 피가 잠시 돌지도 모르는 일이었다. 그렇지 않다면 오늘 하루, 고독을 어떻게 견디겠는가.

무풍지대—건달 · 4 /

구자명

1997년 '작가세계'에 단편 「뿔」로 등단한 후 소설집 『건달』, 『날아라 선녀』, 짧은소설집
『진눈깨비』, 에세이집 『바늘구멍으로 걸어간 낙타』, 『던져진 돌의 자유』 등을 펴냈다.
한국가톨릭문학상, 한국소설문학상을 수상했다.

눈이 멈췄다.

잠시 멍하니 내다보는 동안 길은 금방 지저분해졌다. 좀 있으면 손님들의 젖은 신발로 실내 바닥도 이내 더러워질 것이다. 그러면 오여사는 말하겠지. 엄마야, 이거 우예 쫌 하자, 언니야! 미처 생각지 못했던 사태의 해결을 지시할 때 그녀는 늘 엄마야로 시작해서 언니야로 말을 마쳤다. 사실인즉, 오여사는 친구 어머니의 언니였다. 그 적절치 않은 호칭을 듣지 않으려면 오늘은 더 바쁘게 움직여야 할 것이다. 염모 작업 중간 중간에 대걸레를 들고 바닥도 훔쳐야 할 텐데 예약 손님만 오전 중에 다섯 명이었다.

순호는 어제 퇴근 전 널어 놓고 간 타월들을 걷어 선반에 개켜 넣으며 벽시계를 보았다. 첫 손님 예약 시간까지 이십 분이 남아 있었다. 휠라 뭐 어쩌구 하는, 체조 요정 손연재가 광고 모델로 나

왔다는 운동화를 사 달라는 막내와 싱갱이 하느라 아침도 거른 채
집을 나온 터였다.

"야 지지배야, 싸고 좋은 국산 브랜드도 많은데 뭔 팡티 내겠다
고 비싼 외젤 신겠다는 게야? 그럴 돈 있으면 니 오빠 참고서라도
한 세트 더 사 주겠다."

"엄만, 오빠 오빠 오빠밖에 몰라! 관 둬! 내가 알바 뛰어서라도
살 테니."

"니가 무슨 알바를 뛰어? 누가 너 같은 어린앨 알바 시켜 준대?"

"있어! 나 어린애 아냐, 이제."

"어린애 아님, 다 큰 처녀냐 니가?"

"그럼 할 거 다 하는데, 왜 아냐?"

아이가 눈을 하얗게 흘기고 문을 꽝 닫고 나가 버리자 순호는 한
술 뜨려던 밥숟갈을 놓고 말았다. 아직 초딩이라지만 두어 달 전부
터 생리도 하는 조숙한 몸을 가진 딸애가 문득 불안해졌다. 쬐끄만
게 뭔 알바야, 알바는? TV에서 심심찮게 보도되는 아동 관련 범죄
들이 머리를 스쳤지만 그런 쪽으로 생각을 더 진행하고 싶진 않았
다. 게다가 눈이 내리고 있었다. 순호는 평소보다 서둘러 출근 채
비를 했다.

프림과 설탕을 잔뜩 넣어 찐득거리는 커피 한잔을 마시고 나자
순호는 시야가 좀 밝아지는 기분이었다. 창밖 풍경이 아까보다 선
연하게 눈에 들어왔다. 딸애 또래의 여자애 둘이 진분홍과 오렌지

색 스니커즈를 신고 지나갔다. 두 아이 다 신발 옆 부분에 도안화된 F자 로고가 선명했다. 그 사람이라면 군말 없이 사 준다고 했겠지……. 제 아이들 기죽는 꼴 못 보는 남자가 아니던가? 코피를 흘려 가며, 편두통을 앓아 가며 밤새 책상 앞을 지키더라도 그는 아이들이 필요로 하는 것을 해 주기 위해 최선을 다하던 가장이었다. 그런 가장 없이도 가정이란 것이 삼 년째 존립하고 있다는 사실이 새삼 낯설게 느껴졌다. 눈 때문인가, 중얼거리며 순호는 뺨을 세차게 문질렀다.

"마이 네임 이즈 순호 박."

영어학원 초급회화반 첫 시간에 순호가 자기소개를 했을 때 웃지 않은 수강생은 석희뿐이었다. 뿐만 아니었다. 영어로 이름을 말할 때는 성을 뒤에 둔다고 강사가 일러줬음에도 그는 자기 순서에서 이렇게 말했다. "마이 네임 이즈 구석희." 당연히 또 한바탕 웃음이 터졌고, 이번에는 원어민 강사인 테일러마저 따라 웃었다. K대학에서 동북아 고대사를 몇 년째 공부하고 있다는 테일러가 꽤 능통한 우리말로 농담을 건넸다.

"신석기 아니고 구석기 맞습니까?"

장내는 다시 웃음바다가 되었다. 그가 무표정한 얼굴로, 그러나 자세를 바로 잡으며 대꾸했다.

"아뇨, 구석기가 아니라 구, 석, 희, 입니다."

"오, 아임 쏘리! 미스터 구."

강사는 곧 사과를 했고 수강생들은 어색해진 분위기 속에 뜨악한 눈길로 석희를 바라보았다.

나중에 순호가 그들의 첫 만남을 회상하며 그때 자신이 얼마나 민망했었는지 아느냐고 묻자 석희는 요령부득의 대답을 했다. 왜? 네가 순희가 아니고 내가 석호가 아니라서? 석희가 순호랑 엮이든 순희가 석호랑 엮이든 희희호호 하면 되는 거지 뭐. 농담을 할 때도 그는 표정 변화가 거의 없어서 종종 진지한 말처럼 들리곤 했는데, 마찬가지로 진지한 얘기도 특유의 고답적인 유우머를 섞은 느슨한 어투로 하기 때문에 농담처럼 들릴 때가 많았다.

삼 년 전 겨울, 해방 후 다섯 손가락 안에 꼽을 정도의 적설량이 연일 보도되던 세밑 어느 오후 그가 순호와 마지막으로 나눈 대화도 그런 것이었다.

"내가 이렇게 너한테 미안해하며 사는 게 너도 나한테 미안한 일 같아. 이제 입장을 좀 바꿔 보면 어떨까? 니가 이제부터 미안해해. 그럼 나도 니가 미안해하는 게 미안할 텐데, 결국 공평해지는 거겠지?"

순호는 석희가 이 말을 할 때 그의 억양에서 풋내기 연애를 하는 머슴애의 유치한 짓궂음 같은 게 느껴져서 대여섯 시간 뒤 벌어질 일의 미미한 낌새조차 감지하지 못했다. 그래서 늦은 일요일 점심상의 찬 그릇들을 다소 거칠게 치우며 이렇게 대꾸했다.

"그래에, 그럼 내가 미안하도록 상황을 좀 만들어 봐요. 양 교수님 올해 정년이시라며? 당신이 전임만 되면…… 나도 이젠 빵 굽는 냄새 맡으며 살았음 싶어. 바닐라 향, 쵸콜렛 향, 시네몬 향……. 당신도 나한테서 그런 냄새가 나면 좋지 않겠수? 징한 양념 냄새나 누린내보다 말이야."

전문대 과정일망정 식품영양조리학과를 나온 순호는 한때 제빵 기술자가 되어 자신의 베이커리를 열겠다는 꿈이 있었다. 그래서 졸업 후 곧 국가기술자격시험을 준비하느라 제과제빵학원에 다니는 한편 외국계 호텔 베이커리 취업 시의 미래를 대비해 영어학원에도 등록했던 것이다. 그런데 거기서 주변머리라곤 꼭 제 이름 수준인 남자를 만나 덜컥 아이를 배고 말았고, 그녀가 꿈꾸었던 빵 굽는 냄새는 당면한 현실의 냄새들에 묻혀 희미한 옛사랑의 그림자처럼 아득해져 버렸다. 김밥집 단무지 냄새, 부대찌개집 소시지 냄새, 설렁탕집 사골 냄새……. 그리고 그가 떠난 얼마 후 새로 찾은 일터에서 손에 배어든 염색약 냄새.

좀처럼 바가지를 긁을 줄 모르던 아내의 삐딱한 말투에도 석희는 눈을 한번 크게 치떠 보였을 뿐 별 내색 없이 밥공기에 담긴 숭늉을 훌훌 불어 가며 오랫동안 마셨다. 돌이켜 생각하니 그게 좀 평소와 다른 태도이긴 했다. 석희는 뜨거운 물이나 국을 별로 좋아하지 않았다. 그래서 그런 것은 다 식은 다음 한꺼번에 들이키곤 했다. 시간이 넉넉지 않을 때는 찬물을 마시고 국 같은 건 아예 손을 대지 않았다. 시골서 무작정 상경해 독서실 청소와 학원 청소를 하며 대입 검정고시를 준비할 때부터 생긴 습관이라 했다. 대학에 들어간 후로도 새벽에는 신문을 나르고 낮엔 공사장에서 벽돌을 날랐다. 학비를 벌기 위해 닥치는 대로 아르바이트를 해야 했기에 잠시도 여유 부릴 짬이 없었다. 따라서 밥도 군 입대 이전부터 군 대밥 먹듯이 최대한 빠르게 먹어 치우는 습관을 들였는데, 뜨거운 차나 국물 같은 것은 그 습관에 맞지 않았다.

그날 점심에 밥 알갱이 하나 없이 깨끗이 승늉 그릇을 비운 석희 는 안방에 들어가더니 양복에 넥타이까지 맨 정장차림을 하고 나 왔다. 순호는 의아했다. 주말에 나가는 일이 거의 없는 그였다. 평 일 못지않게 서재에 틀어박혀 뭔가 읽고 쓰기에 바빠 흔한 레저 활 동 한번 해 볼 생각 못하는 그였다. 그녀 또한 한 달에 한 번밖에 안 쉬는 식당 형편에 맞춰 그러는 남편을 탓할 처지도 아니었다. 그런데 그날이 바로 쉬는 하루였다. 하필 오늘 혼자 어딜 간다는 거야, 싶었다.

"약속 있어, 일요일에?"

"응, 학교서 누굴 좀 만나기로 했어."

"누구? 혹시 양교수님?"

순호는 자기가 묻고도 좀 촉빨랐구나 싶었다.

"아냐. 자기 모르는 사람야. 아, 언제 한번 얘기했던가? 그림 그 리는 지선생이라고…… 예전에 내가 학원서 가르쳤던 만수란 애,

걔 엄마 대신 학부모 상담 오곤 했었는데 아까 아침에 갑자기 연락이 왔어. 우리 학교 쪽에 올 일이 있는데 좀 볼 수 있겠냐고. 뭐 상의할 일이 있나 보지, 그 녀석 일로…….

"어이구, 오지랖도 넓으셔. 지 새끼랑 대화할 시간도 못 내면서, 뭔 학원서 잠깐 가르친 애 일루다 금쪽같은 일요 오후를 내 준대?"

"내 새끼 남의 새끼 가리면 아무 새끼도 못 가르쳐. 오래 안 걸릴 거야. 저녁 전에 들어올게."

석희는 평소 같지 않게 피우던 장초를 비벼 껐다. 그녀의 볼에 가볍게 키스를 한 뒤 아주 짧은 동안이나마 눈까지 맞추고 현관으로 나가는 남편의 등을 향해 순호는 뭔가를 말하려다 입을 다물었다.

'양교수 그 양반……대체 언제 해 줄거래?'

목구멍에 맴돌던 그 말이 삼켜져 가슴 속에 내려앉는 바람에 순호는 배춧국에 말아 다소 급하게 우겨 넣은 점심밥이 뱃속에서 더 부룩하게 부풀어 오르는 느낌이었다. 이따 밤에 물어보지 뭐…….순호는 명치께를 손바닥으로 쓸어내리며 냉동고에서 얼린 돈육을 꺼냈다. 오랜만에 식구들이 다 함께할 저녁이 될 거 같아 남편과 애들 모두가 좋아하는 만두를 좀 빚어 놓을 생각이었다.

석희는 만두를 무척이나 좋아했다. 막내인 그가 중학교를 채 마치지 못했을 때 돌아간 그의 모친은 6·25 동란 중 단신 월남한 개성 사람이었는데, 여름철이면 한 번씩 맛볼 수 있던 어머니의 개성식 만두 맛을 자식들은 잊지 못했다. 석희네 삼형제가 혼인한 여자들중 순호가 유일하게, 형제들이 기억하여 전하는 이야기를 듣고 그 맛을 가깝게 재현해 내곤 해서 동서들의 부러움을 샀다. 만두는 우리 민족 최고의 복식이야……! 미각과 손끝이 야무진 아내 덕에 어머니식 만두를 가끔 얻어먹는 석희가 그때만은 왠지 늘 경직돼 보이는 얼굴의 근육을 다 허물어뜨린 바보 같은 표정으로 히야, 히야, 하고 감탄사를 연발하곤 했다. 그것은 그에게 단순히 만두라는 이름의 별식이라기보다 어머니가 살아 있고 또 아버지 사업이 망하기 전이라 바깥세상에서 몸으로나 마음으로나 위축될 필요가 없었던 시절, 인생 광야로 내쫓기기 전 실낙원의 풍요 같은 것을 상징하는 무엇이었다.

요즘 들어 부쩍 꺼칠해진 느낌인 석희를 떠올리며 순호는 동네 재래시장으로 애호박을 사러 나갔다. 겨울이라 애호박이 비쌀 때지만 그날만큼은 몇 천원 더 쓰더라도 넉넉히 사서 넣고 제대로 된 개성 만두를 해먹일 생각이었다. 김이 무럭무럭 나는 맑은 장국에 띄운 파릇파릇한 만두에 양념초장을 훌훌 끼얹으며 후후 불어 먹는 그의 모습이 그려지며 공연히 가슴이 저릿해졌다. 부부라는 후천적 공동체의 존속 여부는 서로가 상대를 향해 얼마나 연민심을 내느냐에 달렸다더니 정말 그런가 보네, 싶어 순호는 혼자 피싯거렸던 기억이 난다. 그 기억의 끝에는 언제나 아무도 예측치 못한 재앙의 검은 바람이 그녀 가족을 향해 빠른 속도로 회오리쳐 오고 있는 이미지가 함께한다.

그날 저녁 아이들까지 거들어 만두를 백 개도 넘게 빚어 놓고 가장을 기다리던 순호네 가족은 그 만두를 하나도 먹어 보지 못했다. 전화 연락이 안 되고 있는 석희를 기다리다 못해 아이들을 먼저 먹이려고 장국을 데우던 순호는 휴대폰이 울리며 낯선 번호가 화면에 뜬 걸 보는 순간 이미 손이 심하게 떨리고 심장이 멎는 것만 같았다. 경찰서에서 온 전화였고, 석호의 사망 추정시간은 저녁 7시 경으로 이미 시간 반이나 지난 때였다. 그 시각, 석희가 차 안에 번개탄을 피워 놓고 저 홀로 딴 경계로 넘어가 버린 바로 그 시각에 순호와 아이들은 아빠가 워낙 좋아하니까 여분의 만두를 서른 개쯤 더 빚기로 결정했다. 그때 만두피 봉지를 새로 하나 뜯으며 곧 초딩 햇병아리를 면하고 2학년이 될 딸애가 좋알거렸었다. 엄마, 아빠는 왜 맨날 집에 와서도 공부 해? 지겹지도 않나? 난 벌써 공부가 지겨운데…….

오여사는 순호가 장권사 샴푸를 마치기 바쁘게 화장대 앞으로 끌어다 앉히고 헤어드라이어로 VIP 단골의 머리를 말려 주려 했다. 장권사는 손사래를 치며 헤어드라이어를 받아들었다. 원래 염색 후 머리 손질은 '셀프'로 하는 게 염색방의 원칙이었다.

오여사와 같은 교회에 다니는 장권사는 그 교회 안에서 꽤나 영향력 있는 사람인듯했다. 남편이 국영방송의 고위 간부라는 것 같았고 장권사 자신도 기독교재단 계통의 여고 교장을 지낸 경력을 지닌 때문인지 이 염색방에 드나드는 그 교회 여자들은 모두 그녀를 어려워하면서도 친해지려고 애쓰는 티가 역력했다. 장권사가 오집사라고 부르는 오여사는 특히나 아부성 발언과 서비스에 열을 올렸다. 강북에 위치한 교회에서 가까워 이 염색방을 이용하지만 장권사는 강남에 살았다. 그녀는 전형적인 강남 중산층 부인의 외양과 입성을 하고 있음에도 오랜 교직 생활로 몸에 밴 절도와 반듯한 매너가 왠지 강북의 유서 있는 가문 출신 같은 분위기를 풍겼다. 적당한 살피둠으로 칠순을 바라보는 나이에도 삶은 계란 흰자처럼 팽팽하고 해맑은 피부를 한 그녀가 차분한 음성으로 조곤조곤하고 정연하게 펼쳐 나가는 이야기를 들으면 '온당함'의 표상이란 생각이 절로 들었다. 순호 역시 어쩌다 오여사 부재 시 장권사가 왔을 때 심중의 고민을 털어놓고 조언을 듣고 싶은 유혹을 느낀 적이 있었다.

머리 손질 서비스를 사양한 장권사에게 뭐라도 해 주고 싶어 애가 달았는지 오여사는 뜨겁게 적신 타월을 가져다가 그녀 어깨에 두르고 마사지를 하기 시작했다. 장권사도 그건 싫지 않은지 눈을 지그시 감은 채 마사지를 받고 있다가 문득 생각난 듯 물었다.

"참, 오집사님 막내딸이 무슨 박사과정 한다고 했죠? K대 불문과라고 했던가?"

"네, 맞아요. 엄마야…… 우예 그걸 다 기억하시고! 지난달에 논문도 통과됐어요……."

오여사는 화들짝 반색하다가 금세 풀죽은 표정을 지으며 한숨을 쉬었다.

"박사 따든 뭐해요? 취직할 데도 없는데……. 문과가 다 그렇잖아요, 요즘. 더구나 비인기 종목 돼 버린 불문학 같은 거는 유학파들도 자리 못 잡긴 마찬가지라 카대요……. 돈 왕창 처들일 행펜이나 되든 몰라도……. 권사님도 아시지예? 요즘 서울은 변두리 대학 전임 자리도 최소 2억은 들이야 한다카잖아요. 그기 현대판 지참금 아이겠어요? 딸, 돈 싸들리서 평생 붙어 묵고 살 데로 보내는……. 크크."

자기가 말해 놓고도 뭣이 좀 민망한지 오여사는 키득거리다가 슬그머니 장권사 표정을 살피며 말을 이었다.

"권사님은 그런 걱정 안 해도 돼서 좋으시겠예. 아드님은 아부지랑 같은 직장에 들어갔으이 탄탄대로고, 그 우로 따님은 의사 신랑 만나 엄청 잘살잖아요, 그지예? 얼매나 좋으까! 울집 딸년들은 하나같이 취직으로 속썩이고……. 큰 아는 겨우 취직했나 싶디 맞벌이나 해야 간신히 묵고 살 샐러리맨 만나 낑낑거리매 살고, 둘째는 공부 한답시고 남자도 못 사겼으이께 시집이나 갈 수 있을랑가 모리겠고……. 휴우, 아덜 공부 다 시키 났다고 한숨 좀 돌릴라 캤디 그기 잘 안 되네예! 산 너머 산……. 에고, 어제는 아덜 생각 하이께 하도 골치가 아파 막내한테 캐뿠어예. 니 이제 박사까지 시키났으이 인자부터 신랑감 찾는 데 올인해라. 너거 어매아배가 니

취직까지 시키 줄 여력은 도저히 없으이, 교수 소리 듣고 싶으마 시집가서 니 신랑한테 해 돌라 캐라, 마! 그캤디, 가스나 눈물 질질 짜고…… . 하이고 난리도…… ."

그때까지 눈을 감은 채 듣고 있던 장권사가 어깨에 얹힌 오여사 손을 거두며 몸을 곧추세우더니 정색하며 말했다.

"오집사님, 그건 따님에 대한 모욕이죠. K대 정도서 박사 하는 게 쉬웠겠어요? 3~4년 죽었네 하고 틀어박혀 책과 씨름 하고 지도교수 치다꺼리 다 해야 하고…… . 등록금 대준다고 공부가 저절로 되는 거 아니잖아요? 머리도 있어야 하지만 무엇보다 해내려는 근성이 따라줘야죠. 공부 자체도 그렇지만 학교 내 인간관계 요령 있게 헤쳐나가는 것도 어디 만만한 일이었겠어요? 그렇게 어려운 일을 해낸 따님한테 시집이나 가라니! 나라면 칵 혀 깨물고 죽고 싶겠네요, 원."

평소 우아 일변도인 귀부인의 입에서 나온 의외의 반응에 주춤해 잠시 멍때리는 표정으로 서 있던 오여사가 화장대 거울 속에서 장권사와 눈을 맞추며 물었다.

"그라믄, 권사님 같으마 땡빚을 내서라도 학교에 아 자리 맹글어 주시겠어예? 아 공부한 거 살리는 방법은 그거 뿐이 없는데…… ."

"아, 뭐 꼭 빚을 내서까지 그럴 수야…… . 형편 닿는 대로 해야겠죠. 학교에 따라 협상의 여지를 둘 수도 있잖겠어요? 일부만 먼저

113

내고, 나머지는 급여 받으며 발전기금 명목으로 메꿔 나간다던가 하는……. 아무튼 공부한 거 절대로 썩히면 안 돼요. 이제 여자들이 세상을 바꿔나갈 때가 됐잖아요? 우리 때랑 다르죠. 나도 중간에 공부를 더 했으면 고등학교 아닌 대학에서 정년을 맞았을 텐데, 애들 아버지 뒷바라지에 바빠서 그만……. 그새 우리 학교 재단에서 대학도 만들었잖아요. 지방 대학이긴 하지만……."

오여사 눈에 반짝 빛이 들어왔다.

"어마 어마, 참 그렇구나! 거기도 문과 계통 학과 있어요?"

"교양학부 선생들은 다 문과 전공이죠. 어문계열도 웬만한 거 다 가르쳐요. 영어, 중국어, 일어는 물론 독일어, 스페인어, 불어도……."

"교수 채용도 매해 하나요?"

"하겠죠... 매해는 몰라도 결원 생기면 수시 채용도 하는 거 같던데요? 그래서 내가 물어본 거예요. 따님 박사 끝났냐고……."

오여사는 장권사의 두 손을 덥석 잡았다. 두 사람은 오전 내내 손님 받느라 무더기로 쌓인 타월들을 세탁하고 염색 도구를 정리하느라 뒤켠에서 바삐 그러나 조용히 움직이고 있던 순호를 갑자기 의식한 듯 뒤를 돌아보더니 목소리를 낮추었다. 뭔가 거래가 시작되려는 분위기였다. 순호는 화장실을 핑계 대고 건물 밖으로 나왔다. 거리엔 눈발이 다시 날리고 있었고 그녀 안에서는 얼음가루 같은 하얀 분노가 차갑게 회오리치고 있었다.

국회의사당 건너편 농성천막 안에서는 시큼한 김치 냄새가 풍겨나고 있었다. 현선생을 비롯한 한교조 사람 두어 명이 둘러 앉아 김치찌개를 안주로 소주를 마시고 있었다. 대평이 시위 피켓을 천막 안 한 구석에 밀어 넣고 나오려는데 현선생이 불렀다.

"어, 지선생 여태 그러고 계셨소? 날도 궂은데 늦게까지 고생 많구려……. 이리 와서 소주나 한잔 하고 가시오."

"아닙니다. 박순호 여사와 근처에서 잠시 만나기로 했어요."

삼 년 너머 길거리 농성을 하고 있는 현선생은 트레이드마크처럼 된 무성한 흰 수염을 쓰다듬으며 고개를 주억거렸다.

"그 집 식구들 만난 지도 꽤 됐네……. 애들이랑 다 잘 있는지 모르겠구먼. 암튼 봄 되면 고법소송 어쨌든가 승소하도록 우리 쪽에서도 모든 지원을 할 작정이니 곧 한번 만나자고 전해 주구려."

오랜 야인 생활로 지칠 만도 한데 여전히 소송 관련 얘기만 나오면 현선생은 눈빛이 달라진다. 한국비정규교수노조의 리더 격인 그는 한교조 K대 분회 소속이지만 구석희 사태가 났을 때 처음부터 발 벗고 나서서 책임소재지인 C대와의 대응에 지원을 아끼지 않았다. 지난달부터 국회 앞에서 새로 하기 시작한 강사법 시행 촉구 시위에 대평이 참여하게 된 것도 그와 구석희와의 인연을 현선생이 알게 된 데서 비롯한 일이었다. 당초 유족에게 요청했던 동참이었는데, 미망인과 아들이 생업과 학업에 묶여 주말 밖에 시간을 못 내는 데다 그나마도 C대 앞에서 하는 시위를 이어 가기만도 벅찼던 것이다. 대평은 예나 지금이나 가진 게 시간 밖에 없는 사람으로 자처하는 터니 그 요청을 못 들어줄 이유도 없거니와 구석희를 생각하면 지난 삼 년간 묘한 자책감 같은 것을 느껴왔기에 현 선생의 제의가 반갑기까지 했다. 겨울 오후 하루 두세 시간씩 국회 앞에서 한교조에서 만들어 준 피켓을 들고 서 있노라면 손발이 시리고 온 몸이 뻣뻣해지면서, 이거 내가 뭐 하는 짓인가, 싶을 때도 없지 않지만 대평은 봄이 올 때까지 그 일을 그만두지 않을 작정이었다.

그날 그 사람, 구석희를 어떻게든 붙들고 진짜 속에 있는 이야기를 하도록 유도했어야 했다. 대평은 그가 그렇게 간 이후로 생각할수록 낭패감을 떨치기가 어려웠다. 한때 검정고시 학원에서 그에게 영어를 배웠던 만수는 구석희 1주기에 납골묘에 다녀오던 귀경길에 이런 말을 했다. 아저씨, 그 쌤은 아저씨랑 정반대 세상을 살아온 사람이에요. 시간이란 게 아저씨나 나처럼 고무줄처럼 늘어났다 줄었다 마음먹기에 따라 흐르는 부류가 있는가하면 구석희 쌤처럼 어떤 상태로 한번 고정되면 죽 그 상태로 끝까지 가는 부류가 있는 거죠. 구 쌤이나 울 아빠나 같은 과예요. 팽팽하게 당겨진 시간의 고무줄을 타다 어느 순간 그 긴장을 이기지 못해 스스로 그걸 끊어 버린……. 고무줄의 끝 점 사이 거리를 조금 줄이면 시간은 금방 느슨해졌을 텐데……. 하긴 엄마는 그쪽으로 좀 전환하려는 참인데 시간이란 놈이 얌전히 기다려 주질 않으니 그건 또 어떻게 설명해야 할지 모르겠지만요.

그러고는 운전대를 잡은 채 고개를 돌려 차창 밖에 살얼음이 덮여 반짝거리는 남한강을 일별하더니 덧붙였다.

"헤라클레이토스라는 그리스 철학자가 그랬다죠. 같은 강물에 발을 두 번 담글 수 없다……. 엄마가 발 담그려던 강물은 이미 아빠가 담갔던 그 강물이 아니었겠죠. 또 엄마의 그 강물이 구석희 쌤에게 같은 강물이 아니었겠고……."

대평은 제 어미가 장기요양을 위해 절집에 들어가고 난 다음에야 무슨 생각에선지 갑자기 검정고시 학원에 등록을 하더니 이듬해 대입고시 자격을 딴 만수가 무척이나 기특했었다. 그런데 재수 끝에 지원한 대학이 제 아비가 나온 국립대였고 게다가 그 빌어먹을 놈의 철학과였을 땐 어리둥절해졌다. 지 아비의 전철을 밟을 셈인가 싶어, 따지듯 이유를 물었을 때 만수는 너무 태연하게 대꾸했다. 내 점수로 국립대 들어갈 수 있는 학과가 몇이나 될 거 같아요? 점수 맞춰 지원한 건데 뭐 문제라도? 대학엘 들어가서도 편의점 알바와 배달 알바를 번갈아 뛰며 소년 가장의 애환을 아시냐는 둥 엄살을 떨어대길래 도무지 공부 같은 걸 해낼 것 같지 않더니 헤라클레이토스라니……. 어쭈, 서당개 라면 끓이네, 싶어 대평은 제 어미의 낡은 차를 고급 세단인양 진중하게 몰고 있는 만수의 얼굴을 새삼 쳐다보았다. 거기, 스물 한 살 청년, 아직 면도 자국에서조차 여리고 파릇한 소년의 기상이 완전히 사라지지 않은 어린 사내가 투신자살한 철학자 아비의 고집스런 콧날과 병든 시인 어미의 우수 깃든 눈매를 하고 앉아 있었다.

만수에겐 유년기에 일찌감치 죽음이란 것이 예고 없이 한순간에 찾아올 수 있다는 걸 알려준 아비도, 한창 민감할 청소년기에 한번 쇠약해진 정신이 어떻게 질병과 육체의 훼손을 가차 없이 불러오는지를 보여 준 어미도 모두 시간 게임에서 실패한 사례였다. 자기 시간과의 싸움을 버텨 내지 못한 실패 사례이긴 구석희도 마찬가지라고 여기는 만수의 시각은 청춘 특유의 미숙한 섣부름에서 오는 것이기도 하지만 저 자신은 어떻게든 그 질곡의 고리를 벗어나야겠다는 안간힘에서 오는 것이기도 했다.

"아저씨, 난 말이죠……. 밥벌이에 별 도움 안 될, 그니까 아저씨 표현대로 그 '빌어먹을' 철학과란 델 들어가고 나서 하게 된 생각인데…… 내 삶의 시간을 내 뜻대로 요리하려면 마이 웨이를 남다른 사상이랄까, 뭐 그런 게 있어서 받쳐 줘야 하지 않겠나, 그러려면 이때까지 남들이 펼쳐 놓은 사상들도 좀 알아야 할 거다, 말하자면 지피지기해야 답이 나올 거다, 뭐 이런 생각을 하게 됐어요. 아저씨처럼 시간을 늘려서 살기로만 한다면 그런 꼼수도 다 필요 없겠지만서두 짜릿한 맛도 좀 보고 살려면 전략이란 것도 필요하지 않겠어요? 하하."

어린 철학자의 궤변에 실소했지만, 대평은 만수의 세계관이 제 아비나 삼촌 역할을 해 온 그의 것에서 한 단계 진화하고 있다는 느낌을 받았다. 요즘 말로 '밀당'의 고수가 되어 시간을 주무르며 사는 게 만수의 인생 목표인 셈이었다. 좀 전에도 피켓을 들고 선 대평에게 무슨 애니메이션 영화를 여의도 영화관에서 볼 건데 같이 보겠냐며 전화를 걸어 왔었다.

"아저씨, 시위도 셔가며 해야죠. 아저씨답잖게 넘 열쒸미 하시는 거 아뉴?"

"나 이따 약속 있어, 임마. 너 이번 주에 무슨 검정시험 본다며? 시험 준비 안 해도 되냐?"

하긴, 그것도 만수에겐 일종의 '밀당' 연습이리라 싶었다. 녀석은 종일 한강 둔치 편의점에서 카운터를 보고 난 후였고, 시소속 외국인근로자센터에서 우리말을 가르치는 알바를 하는 데 필요한 한국어교육능력시험이란 걸 코앞에 둔 처지였던 것이다. 센자 템포(senza tempo)ー'자유로운 빠르기로'라는 뜻의 그 음악 용어는 만수가 사준 스마트폰에 입력된 녀석의 SNS 아이디이기도 했다.

아직 사상이라기엔 갈 길이 먼 만수의 개똥철학이 포인트로 삼는 '템포'란 것이 과연 구석희의 삶에도 적용될 수 있는 개념이었을까? 대평은 구석희의 아내와 만나기로 한 동여의도로 가기 위해 여의도 공원을 가로지르며 생각했다. 한때 광장으로 불린 텅 빈 공간이었다가 나무와 풀숲이 우거진 꽉 찬 공간으로 변한 것이 이 공원이다. 나날이 가속화되고 있는 이 시대 삶의 템포가 점점 더 삶의 공간을 장악하여 공간은 더 이상 시간과 대등하지 않은, 종속된

하위 개념의 무엇이 되어 버린 느낌이었다. 구석희가 자기 삶의 공간이 더는 견뎌낼 수 없는 상태가 돼 버린 걸로 판단했을 때 그가 선택할 수 있는 길이 결국 실제로 선택한 그 길 말고 또 뭐가 있었을까? 자기 삶의 템포를 자유롭게 조정할 수 있었다면, 그러니까 센자 템포로 삶의 교향곡을 연주할 수 있었다면, 그는 자기가 처하게 된 공간적 상황 즉 현실을 맞지 않아도 되었을까? 자신도 만수도 그 누구도 쉽게 답할 수 없을 것 같은 그 물음을 구석희는 마지막 만남에서 던졌었는데 그 뜻을 제대로 알아차리지 못해 엉뚱한 이야기만 하다가 헤어진 게 대평의 떨칠 수 없는 회한이었다. 이미 삼 년차 미망인인 그의 아내를 만나러 눈발 휘날리는 겨울 공원을 가로지르는 대평의 발걸음은 친구 천세가 죽은 직후 그 미망인을 만나러 갈 때만큼이나 허청거렸다.

  젊은 애들도 아니고 어째 저녁 밥때를 앞두고 빵집에서 만나자고 하나 의아했는데 도착하고 보니 그 베이커리 카페는 차나 커피류는 물론 수입 병맥주도 파는 일종의 펍 스타일 카페였다. 구석희의 아내 박순호는 먼저 도착해 구석 자리에서 창밖을 내다보고 있다가 대평이 전화상으로 들은 그녀의 인상착의를 알아보고 그 앞으로 가자 화들짝 놀라며 일어났다.
  "어머, 죄송해요. 제가 먼저 알아뵙지를 못해서요. 아들애가 피켓 들고 계신 선생님 사진 찍어 보여 줬드랬는데……."

"아닙니다. 제가 좀 늦었군요. 국회 앞서 여기까지 걸어오는 데 생각보다 시간이 많이 걸렸네요."

"걸어오셨어요? 눈도 오고 추운데……."

"늘 걸어 다닙니다. 웬만하면. 마포에 있는 집에서 국회까지도 늘 걸어 다니는 걸요. 마포대교로……."

신기하다는 듯 바라보는 그녀의 얼굴에 희미한 미소가 피어올랐다. 한때 색도 명랑하고 형태도 선명했던 꽃이 그늘 아래서 시나브로 바래고 마른 꽃이 돼버린 느낌을 주는 얼굴이었다.

"애들 아빠도 웬만하면 늘 걸어 다니곤 했는데……. 그렇게 맨날 바쁘다면서도 한 시간 이내 거리는 늘 걸어 다녔댔어요. 그이랑 정말 닮은 점이 있으시네요. 그랬어요, 그 사람이. 자기가 학교에 자리 잡을 생각이 아니었다면 지 선생님처럼 그림을 그리며 살고 싶었을 거라고……."

"아이구, 난 뭐 화가도 아닌데요, 뭘. 애들 책에 삽화나 좀 그리고 동네 벽화나 좀 그려 주고 하는 정도지……. 구선생이 날 너무 과대평가하셨나보군요. 그나저나 뭘 좀 시켜야 하잖을까요?"

"어머, 내 정신 좀 봐! 여기까지 오시라 해 놓고 뭘 대접할 생각도 안 하고 있었네. 뭘 드시겠어요? 이 집은 빵이 진짜 맛있는데……. 제가 예전에 제빵 기술을 배워 빵 맛을 좀 알거든요. 아님, 시간이 좀 어중간 해서 여기서 뵙자고 했는데 그냥 음료만 드시고 식사하러 나가실까요?"

121

"아뇨, 괜찮습니다. 아직은 시장하지도 않고요……. 그냥 얘기
하다 배고파지면 빵 먹어도 됩니다. 가리는 거 없이 잘 먹는 게 제
몇 안 되는 장점의 하나지요."

말은 그렇게 했지만 박순호가 무얼 들겠냐고 물었을 때 대평은
테이블 위에 놓인 주류 메뉴가 때마침 눈에 들어와 맥주를 청했다.
그런데 카페인도 알코올도 멀리할 것 같이 생긴 그녀가 뜻밖에 종
업원에게 같은 걸 주문하는 걸 보고 대평은 삼 년 전 구석희와 학교
앞에서 마셨던 낮술과 함께 그가 아내에 대해 했던 말을 떠올렸다.

참한 여잔데 의외로 나랑 술배가 맞았어요. 그래서 나랑 엮이게
된 거죠. 피차 술기운에 엉키다 보니 애가 들어섰더라고요. 그 사
람으로선 빼도 박도 못하게 돼설랑……. 어휴 내가 많이 미안하지
요. 하지만 그것도 다 옛날 얘기, 지금이야 서로 잔 부딪혀 본 게
언젠지 기억도 안 나네요. 허허. 그러며 쓸쓸히 웃던 그가 몇 시간
뒤면 실행하게 될 극단의 선택을 이미 마음에 품고 있었을 줄이
야…….

아일랜드산 흑맥주를 각기 한 병씩 비우는 동안 대평은 박순호
가 법원 소송서류를 꺼내 놓고 설명하는 것을 들으며 과연 자신이
이 가족에게 무슨 도움이 될 수 있을까 회의가 일었다.

한 시간강사가 10년 세월 동안 지도교수 이름으로 나간 수십 편
의 논문을 대필했다. 그런데 지도교수가 약속과 달리 전임 자리를
다른 이에게 넘기고 자신을 내치려 하는 걸 알게 되었다. 그는 해

당 교수의 처벌을 요구하고 대학사회의 부당 관행을 비판하는 유서를 남기고 자기 목숨을 거두었다. 유족은 해당 교수와 대학에 손해배상청구 소송을 제기했다. 그러나 지방법원에서 그 소송은 원고의 주장대로 대필이 아니라 공동연구라는 판결 아래 기각되었다. 이후 수차례 다시 항소하여 현재 고등법원에서 심리가 진행 중이다. 이것이 구석희 사건의 간략한 전말인데, 박순호는 남편이 사망일에 마지막 만난 사람으로 추정되는 대평에게 증인 출두를 요청하고 있는 것이다.

그런데 대평은 원고측이 필요로 하는 증언을 해 줄 수 있을 것 같지가 않다. 해 주기 싫은 게 아니라 구석희와 마지막 만남에서 주고받은 대화가 논문 대필이나 대학의 부당관행 따위와는 전혀 상관없는 이야기만 나눴고, 그것도 짧은 시간 안에 급히 마신 낮술에 구석희가 제법 취해 가는 기색이어서 깊이 들어가지도 못한 대화였다. 구석희는 그날 대평과 학교 앞에서 만나자마자 연구실이 아닌 근처 술집으로 그를 이끌었다. 하긴, 두어 해 전 만수의 진학 상담을 하려고 아픈 그 애 엄마 대신 구석희를 만났을 때도 그들은 학원 사무실에서 잠시 얘기한 후 곧 건물 지하의 맥주집으로 옮겨 앉았었다. 그리고 그때도 만난 용건과 관계 없는 이야길 주로 나누다 헤어졌다.

대평은 뺨이 발그레해져 서류 뭉치를 뒤적이고 있는 박순호를 바라보며 취기가 오를수록 창백해지던 그녀 남편의 마지막 모습을 떠올렸다. 이 생활력 강하고 실질적인 상식과 의지로 충만한 여인이 자신의 뇌리 속에 남아 있는 '모태 솔로' 느낌의 구석희와 십수 년 살을 맞대고 살았었다는 게 잘 믿기지가 않았다. 그런 그보다는 차라리 자신이 더 평범한 가장 이미지에 어울릴 거란 생각이 들 정도였다. 헌데, 그가 무엇을 지키려고 그렇게 몸부림치다 갔는지를 조금 알게 된 이후 친구 천세의 죽음에 대해 견지해 왔던 것과는 또 다른 시선으로 자살이란 형태의 죽음을 바라보게 되었다. 천세 때와 달리 대평은 구석희의 죽음을 이해받아야 할 무엇으로 받아들였고 그러자면 그가 살았던 삶의 궤적을 잘 살펴봐야 할 것 같았다. 유족과 그런 차원에서 인연을 유지해 온 것이지만 막상 이렇게 미망인과 둘이서 마주하기는 처음이라 대평은 다소 어색한 기분을 어쩔 수 없었는데 의외로 박순호는 오랜만에 만나는 시아주버니라도 대하듯 태도가 매우 천연덕스러웠다. 구석희는 자기 아내를 얼마나 알았을까……. 어쩌면 천세가 제 아내에 대해 알았던 만큼도 몰랐을 것 같군. 그날 아내에 대한 얘기를 꽤 했었지. 하지만 그가 얘기한 그 무엇도 지금 앞에 앉은 여자를 떠올려주진 않았어. 그럼에도 그는 사는 동안 기를 쓰고 지키려 했던 것이 이 여자와 '어쩌다' 일구게 된 삶이었지……. 인간은 우연을 필연으로 만들어 그 속박에 기꺼이 생을 걸기도 하는 묘한 동물인 것이다. 그날 구석희도 그것을 얘기하고 있었던가……. 대평은 핏기 없는 뺨과 달리 알코올이 그리로만 다 모이나 싶게 빨개지던 구석희의 커다란 눈동자를 떠올리며 그가 했던 말들을 되짚어 보았다.

구석희와 박순호. 대평이 그림 그리는 사람으로서 미술적 관점을 적용시켜 표현해 본다면, 두 사람은 인상파와 큐비즘을 한 화폭에 구사한 것 같은 의외의 조합이었다. 피카소나 브라크의 후기 그림들 속 인물 같은 구석희는 마네 그림에 나올 법한 인상의 박순호와 자신이 어떻게 맺어졌는지, 묻지도 않았는데 얘기해 주며 후회스럽다고 했다. 토굴이란 상호의, 주로 단골을 상대로 장사하는 듯한 민속 주점에서 민속주도 아닌 소주를 시켜 마시던 그 깡마르고 각지고 창백한 남자는 그날 구상과 추상 기법이 뒤섞여 그려진 미분류 화풍의 초상 같은 느낌을 주었다. 그는 아내에 대한 미안함과 애정을 '아무 것도 모르는 여자를 자빠뜨린 게 한심한 내 불찰이었다.'는 식의 지극히 평이한 표현을 써서 드러내다가 갑자기 기호학을 들먹이기도 했다.

"하긴, 우리가 결혼이라는 사회적 약속으로 얽히지 않았다면 지금의 아내는 내게 있어 아내도 어미도 아닌 그냥 여자일 뿐 더 이상의 기호학적 가치를 득하지 못했겠지요. 그러니까 내가 그 여자를 아내로 부르기로 하면서 스스로 남편으로 불리기를 약속하지 않았다면 나도 아내도 그냥 남자, 여자 그 이상의 다른 가치들을 내포하는 존재가 되지 못했을 거란 말이죠. 아, 사실 이건 내 얘기가 아니라 소쉬르란 사람이 한 얘깁니다만……."

125

대평은 그의 이 말을 들으며 불안한 기시감 같은 것이 들었으나 그 자리에서 뭘 되묻거나 하지는 않았다. 나중에 헤어져 집에 돌아와 인터넷에 찾아보고 소쉬르가 구석희의 전공인 언어학에 큰 영향을 미친 스위스 언어철학자이며 기호학의 선구자라는 걸 알게 되었다. 그런데 어째서인지 몰라도 만수 아버지 천세가 자꾸 떠올려지며 대평은 그 철학자 친구의 비운과 오버랩 되는 연상들에 기분이 영 찜찜했었는데 밤늦게 경찰로부터 구석희의 사망 소식을 듣게 되자 눈에 뵈지 않은 그물 덫에 걸린 작은 짐승마냥 절망스러웠다. 그날 밤 박순호의 제보에 의해 사망자의 마지막 접촉자로 경찰에 불려간 대평은 사실 그의 자살 동기에 대해 딱히 해 줄 수 있는 말이 없었을 뿐 아니라 차 안에 남겨진 유서에 적힌 그 모든 사실들도 처음 듣는 입장이었다. 그런데도 대평이 두고두고 자책의 마음을 떨칠 수 없었던 것은, 그날 오후 만나자고 청한 것이 자신이 아닌 구석희였다는 사실에서 비롯됨이 크다. 그 아침에 대평은 그냥 만수가 철학과 입학을 지망한다는 것이 못내 마음에 걸려 검정고시 학원 시절 그 애를 잘 돌봐 줬던 구석희에게 의논조의 전화를 했을 뿐인데, 그는 이렇다 할 응답 없이 한참 뜸을 들이더니 느닷없이 청했다. 눈발도 휘날리는데 차 한잔하시죠. 오랜만에 서로 사는 얘기도 좀 하고……. 오후 3시에 C대학 정문 앞에서 만난 구석희는 뜻밖에 양복 차림이어서 속으로 대평이 갸웃거리게 만들었으나 마르고 왜소한 체형을 커버해 주는 정장이 생각보다 어울린다는 느낌을 받았다. 그런데 그가 대평을 데리고 간 곳이 학교 앞에 널린 커피 전문점도 아닌 건너편 골목 낡은 상가 건물 2층에 위치한 '토굴'이었을 때 대평은 묻지 않을 수 없었다.

"아니 여긴, 술집 아니요?"

"그렇죠. 차도 있긴 합니다. 전통차류……. 지선생님은 낮술 안 하시는죠?"

"안 하진 않지만……. 구교수는 일요일인데 낮술을 할 셈인가요?"

"예, 낮술에 요일이 따로 있나요. 오늘 같이 눈발이 휘날리고 그럴 땐 요래 토굴 속에 들앉아 한잔하면 딱이죠. 제 본색이 워낙에 구석기 아닙니까. 히힛."

그가 안 웃을 때와는 확 다른 인상이 되는 짓궂은 미소를 지으며 소주 두 병과 파전을 시킬 때까지만 해도 그는 이전 서너 차례 만남에서 보아 왔던 구석희였다. 아니, 첫 병을 비슷한 속도로 나눠 마실 때만 해도 대평의 근황을 물으며 얼마 전에 끝낸 동네 꽃담 벽화에 대한 관심을 보이는 등 일반적인 대화의 범주를 벗어나지 않았다. 헌데 두 병째부터 그가 음주에 속도를 내기 시작하면서 눈이 붉어짐과 동시에 예상치 못했던 화제들이 튀어나왔다. 아내에 대한 얘기로 옮겨가면서 그는 소쉬르, 기호학, 구조론, 해체주의 따위의 낯선 용어들이 등장하는 범상치 않은 어법을 구사하기 시작했다. 그 구체적인 표현들을 기억하진 못하지만 그가 하려던

구자명 / 무풍지대 — 건달 · 4

127

말이 무엇인지 대충 감은 잡을 수는 있었는데, 요지는 우리가 삶의 현상이라 여기는 것들은 그 하나하나가 어떠어떠한 거라고 약속 개념으로 규정해 놓지 않는다면 실제론 아무 것도 존재하지 않게 된다는 얘긴듯했다. 어느 순간 갑자기 그는 형님, 하고 부르더니 대평의 눈을 지그시 들여다보며 말했다.

"요즘 내가 젤 닮고 싶은 사람이 형님이라면 믿겠어요? 아무 욕심도 없고 마냥 평화로워 뵈잖아요. 그치만 그게 다 무슨 소용이겠어요? 평화, 정의, 사랑…… 뭐 이런 추상적인 가치일수록 그 존재의 실체는 더 없다고 보는 게 맞을 텐데요. 형님도 살다가 그런 생각 들 때 있지 않나요? 그래서 한없이 공허해져 버리는……. 하긴, 나보다 십 년은 더 사셨을 테니 그 챕터는 진작에 떼셨을지도 모르겠네……."

이전 만남에서도 구석희는 술이 좀 되자 대평을 형님이라고 부르기도 했는데, 언젠가는 천세가 그 옛날에 그를 불렀듯이 '천하태평 대평이' 형님이라고 해서 깜짝 놀랐던 적도 있다. 어쨌거나 조개탕과 함께 추가 주문한 소주 두 병 중 한 병을 거의 자작하다시피 후딱 해치운 구석희는 빠르게 취하는 기색이었다. 그대로 둬선 안 되겠다고 생각한 대평이 속도를 좀 더 내서 나머지 한 병도 끝나 가던 즈음 구석희는 화장실에 다녀오겠다며 자리를 잠시 떴다. 약간 비척거리긴 했으나 전화할 데가 있는지 벗어 놓았던 양복 윗도리에서 핸드폰을 챙겨 갔기에 보기보다 안 취했구나 싶었다. 돌아오는 대로 술은 그만하고 좀 걸으며 얘기하자고 할 셈으로 두어 잔 남은 술을 털어 넣고 기다리는데 구석희는 반시간 가까이 나타나지 않았다. 화장실이 어딨냐고 종업원에게 물으니 주점 밖으로 나가 한 층 더 올라가면 있다기에 계산을 치르고 찾아 나서려는데 그가 들어왔다. 술이 어지간히 깬 듯 그의 눈에선 붉은 기가 가셨고 얼굴 빛은 창백하다 못해 푸르스름했다. 둘은 땅거미가 내리기 시작한 거리로 내려와 학교 방향으로 걷기 시작했다. 그 사이 어딜 다녀왔고 무슨 일이 있었는지 그는 얘기하지 않았고 대평도 굳이 묻지 않았다. 갑자기 뜨거운 추상에서 차가운 추상 모드로 변환된 듯 한 구석희가 왠지 불안하게 느껴졌지만 본인이 먼저 말하기 전에 그 연유를 캐물을 수 있는 분위기가 아니었기에 대평은 한참을 묵묵히 걷기만 했다. 구석희가 입을 뗀 것은 C대 캠퍼스를 가로질러 후문 쪽 가는 길과 인문대 쪽 가는 길이 갈라지는 지점에 당도해서였다.

"차를 갖고 왔는데, 과 연구실서 좀 쉬다 술 더 깨고 가얄 것 같아요. 지선생님은 버스든 택시든 후문 쪽에서 타시는 게 나을 거예요. 오늘 죄송합니다. 혼자 먼저 취해 횡설수설해서……. 형님 같아서 그만 너무 무람없이 굴었네요. 사실 친형제들이라면 그런 얘기 못 했겠지만요……. 아, 그리고 만수 입학 건 말인데요, 그냥 철학과 들어가 잘해 보라고 하세요. 걔한테 맞을 거 같아요. 검딩 때부터 주체적인 삶을 신조처럼 뇌고 다니던 녀석이었죠, 허헛. 나

129

중에 지가 필요하다고 느끼면 그때 가서 응용학문 쪽으로 전환하든지 해도 늦지 않을 테니까. 늦어진들, 어차피 한순간인 우리 인생에 좀 빠르고 늦는 게 무슨 차이겠어요? 이건 사실 저보다 지선생님이 더 잘 아실 얘긴데 오늘 평범한 학부형 입장에서 의논을 해 오셨으니 드려 본 말씀입니다. 녀석이 같은 전공을 택한다고 자기 아버지처럼 살리란 법은 없지요. 우리 아이들도 그러지 않을 거구요…… 부모는 몸을 빌어 태어나는 매개체일 따름이지 인간은 누구나 단독자적 개체로 와서 단독자로 살다가 단독자로 가는 거 아니겠어요……"

구석희는 담뱃갑을 꺼내 대평에게 권하고 저도 한 대 피워 물었다. 대평은 담배를 끊은 지 꽤 되었지만 때로 만수한테 한 번씩 얻어 피기도 하는 터라 굳이 사양하지 않았다. 오후 내내 희끗희끗 날리던 눈발이 초저녁 한기를 머금고 가늘게 흩뿌려지면서 땅바닥에 반짝이 레이스 막을 펼쳐놓고 있다가 떨어지는 담뱃재를 순식간에 빨아들였다. 오랜만에 피는 담배 맛이 달고도 허무했다.

"단독자라…… 만수 아버지가 입에 달고 살던 단어인데, 참 오랜만에 듣는군요. 구교수 아이들은 좋겠어요. 그런 단독자적 의식을 갖고 있으면서도 공동체적 존재로서도 그리 충실하니 말이오. 양립하기가 쉽지 않을 텐데……"

구석희는 대평을 힐끗 건너보더니 담배 두어 모금을 연달아 깊숙이 빨아 뿜었다. 잠깐 새 금방 어두워진 사위 속에서 그의 담뱃

불이 유난히 빨갛게 빛났다. 필터만 남은 담배를 바닥에 떨어트려 그것이 눈에 젖어드는 걸 지켜보던 구석희가 손을 내밀었다. 축축하고 차가운 손이었다. 그것이 그와의 마지막 악수가 될 줄이야! 사람이 스스로 목숨을 거둘 때는 사실 이런저런 전조를 드러내게 마련인데 주변 사람들이 그것을 알아차리는 일은 정말 드물다. 경찰에서 확인된 바로 구석희가 마지막 전화통화를 한 사람은 다름 아닌 그의 은사 양교수였다. 그러니까 대평과 술을 마시던 중 잠시 사라졌던 그 시간에 구석희는 양교수와 마지막 담판을 시도한 것이었다. 대평은 회한에 가슴을 쳤다. 천세도 그렇게 보냈듯 구석희도 그렇게 보냈구나! 우리는 많은 경우 단독자적 개체의 소멸을 그렇게 모르쇠로 방관한다. 물론 이 경우 알고 한 방관은 아니었다. 하지만 어차피 알아도 별 수 없을 테니 모르쇠로 있으리란 잠재의식이 작용하지 않았을까……. 대평은 오랜 시간 자기 의심을 거두지 못한 채 사후약방식으로 유족과 인연을 이어가고 있는 자신이 가소롭게 여겨졌다. 허나 어쩌겠는가. 예수는 죽은 자의 일은 죽은 자들에게 맡기라 했지만, 죽은 자의 역사를 기록하는 건 결국 산 자의 몫이 아니던가. 대평은 잔에 남은 검은 술을 최후의 만찬주라도 되는 양 정중히 받쳐 들고 박순호에게 건배의 제스처를 보내며 말했다.

"증인, 서겠습니다."
아침 공기가 칼칼했다. 어제 종일 오락가락하던 눈이 밤사이 그

쳤으나 뚝 떨어진 기온으로 얼어붙은 길 위에서 사람들은 모두 거
북이 걸음이었다. 새벽같이 걸려온 오여사의 전화를 생각하면 동
여의도로 곧장 가는 버스를 타야 했지만 순호는 서여의도 경유 버
스가 먼저 오자 자신도 모르게 올라타 버렸다. 좌석에 앉고 나서
야 그녀는 자기가 왜 그랬는지에 생각이 미쳤다. 마포대교를 넘어
서여의도 쪽으로 버스가 방향을 틀자 그녀는 김서린 차창을 문질
러 창밖을 살피기 시작했다. 순복음교회를 지나고 버스가 국회의
사당 쪽으로 또 한 번 틀자 그녀는 차창에 아예 얼굴을 붙이고 바
깥을 내다봤다. 저만치 의사당 정문 앞에 한 무리의 사람들이 색색
의 피켓을 들고 있는 게 눈에 들어왔다. 대부분이 한교조 사람들인
것 같았으나 그 가운데 너무 어리거나 늙거나 한 몇몇도 눈에 띄었
다. 아마도 피해 가족이나 유족인 듯 했다. 그런데 그녀가 찾고 있
는 모습은 보이질 않았다. 길 건너편 쪽으로도 눈길을 돌려 살폈으
나 지대평, 그는 아무 데도 없었다. 순호는 가슴이 철렁했다. 혹시
밤새 무슨 사고라도? 황급히 휴대폰에서 그의 번호를 눌렀으나 지
금은 전화를 받을 수 없다는 자동응답 녹음만 들려올 뿐이었다. 이
상하군, 분명히 아침 일찍 나갈 거라 그랬는데……. 어제 집에 가
다 혼자 술을 더 마셔서 못 일어났나? 그럴 사람 같이 보이지는 않
던데……. 혼자 사는 남자치고 꽤 절제력이 있어 보였어. 술도 밥
도 적정량 이상 먹으려 하지 않고. 아침에 나오다 빙판에 미끄러
졌나? 어제 저녁에도 마포대교로 걸어 집에 간댔는데 찬바람 맞고

감기라도 들었나? 어…… 근데 내가 왜 이러는 거지? 오지랖인 거야, 방정인 거야? 하, 참.

　순호는 걱정을 만들어 하고 있는 자신이 어느 순간 의식되자 민망한 생각이 들어 차창에서 물러나 허리를 곧추세웠다. 나중에 다시 전화해 보지 뭐. 오늘 집회 잘 됐는지 궁금해서 걸었다면서 말야. 그나저나 하루 종일 혼자서 예약 손님 다 받으려면 오전부터 정신없이 뛰어야 텐데……. 그제서야 순호는 자신이 일터에 평소보다 이르기는커녕 외려 더 늦게 도착하게 될지 모른다는, 직장인으로서 마땅히 해야 할 걱정이 들기 시작했다. 더구나 오늘은 막내딸을 데리고 모 지방대학에 누굴 만나러 가는 낌새인 오여사가 자신의 VIP 단골 몇몇과 예약 변경을 시도했으나 뜻대로 되지 않자 대신 하라고 지시해 놓은 서비스까지 감당해야 했다. 순호는 버스에서 내리기가 바쁘게 거의 뛰다시피 해서 가게로 왔다. 도중에 빙판에 잠시 넘어질뻔하면서 식은땀이 흐를 지경이었으나 어쨌든 무사히 도착한 것을 고마워하며 서둘러 가게 문을 열었다. 실내 중앙 벽에 걸린 시계가 평소 출근시간보다 십 분이나 지난 9시 40분을 가리키고 있었고 전화벨이 요란하게 울리고 있었다. 딸아이였다.

　"엄마, 왜 핸폰 안 받아?"

　"어, 못 들었네. 가방에 둬 두고. 너 웬일이야? 학교 안 갔어?"

　"치이, 엄마 바보야? 오늘부터 방학이잖아."

　"아 참, 그렇지……. 오빠는 독서실 갔어?"

"아니, 나랑 있어. 아저씨랑 다 같이."

"아저씨? 무슨 아저씨?"

"응, 우리 가족 대신 시위해 주는 그 아저씨 있잖아. 지……뭐랬
는데."

"뭐야? 아니, 왜 지대평 아저씨랑 있어, 늬들?"

"응, 우리 여의도 집회 왔어. 그 아저씨랑 아저씨 조카라는 오빠
랑 만나서 같이 왔어. 오빠들끼리 미리 연락했나 봐……."

"이 추운데 애들이 뭐 하러……."

순호는 말을 하다, 아차 싶었다. 우리 일이 아닌가. 어릴지언정
자식들의 참여야말로 지극히 당연하고 자연스러운 일 아닌가.

"엄마, 나 유인물 나눠 주는 알바 하기로 했어. 공짜 알바……
히히. 그거 인쇄소서 찾아오느라 우리가 좀 늦었어. 방송국에서들
나와 있는데, 엄마 좀 이따가 뉴스 봐 봐. 나랑 오빠 나오는지 잘
봐야 해. 알았지!"

쫓기는 마음에 진동 벨이 울리는 걸 듣지 못한 핸드폰을 가방에서
꺼내 보니 아들 번호와 딸 번호가 두 차례씩 번갈아 찍혀 있었다.

어제 지선생은 오늘 이 집회 때문에 평소와 달리 아침 일찍 국회
앞으로 갈 거라고 했다. 한교조 및 관련 시민단체들의 끈질긴 노력
으로 어렵게 통과된 개정 강사법이 지난해 말 사회 각계 기득권 세
력의 전방위적 압력을 못 이기고 시행이 또다시 유예되었고, 그 와
중에 부산에서 또 한 사람의 강사가 자살을 하는 비극이 빚어졌다.

오늘 개정법 시행을 촉구하는 본격 집회가 열리니 그동안 순호네 자리를 대신 지켜온 지선생이 참가하리란 건 본인이 말하지 않아도 짐작했겠으나 아이들의 참여는 참으로 뜻밖이었다. 우리 애들이 다 컸네! 순호는 뿌듯함인지 애틋함인지 모를 기분에 휩싸여 가슴이 뻐근해 왔다.

늦은 만큼 더 재빨리 몸을 놀려 장사할 채비를 하다 보니 어느새 10시였다. 순호는 손님들이 대기하는 소파 한 쪽에 놓인 작은 TV를 켰다. 아직 정규 채널은 뉴스 시간대가 아니라서 뉴스전문 채널로 돌려 놓고 서비스용 커피를 내리고 있는데 중년 여자 두 명이 들어왔다. 첫 예약이 10시 반으로 돼 있는데 누군지 일찍도 왔구나, 싶었다. 두 여자 중 무릎까지 오는 표범무늬 털부츠를 신은 여자가 익숙한 듯 가운을 걸치더니 다짜고짜 작업대로 가 앉았다. 순호는 그녀의 이름을 물어 예약을 확인한 후 작업 재료 준비에 들어갔다. 적정 비율로 염모제를 섞으면서 같이 온 얼룩말 무늬 털조끼를 입은 여자에게 방금 내린 커피를 권했다. 털부츠는 털조끼에게 자기도 한잔 갖다 달라 하고는 화장대 앞에 놓인 여성지를 집어 들었다. 털조끼가 커피 두 잔을 들고 오다 뭣에 발이 걸렸는지 앞으로 고꾸러질 뻔하면서 바닥에 온통 커피가 쏟아졌다. 보송보송하게 청소돼 있던 마룻바닥이 금세 흥건히 젖었다. 순호는 할 수 없이 털부츠에게 좀 기다리라 하고 다용도실에서 바닥 닦을 걸레를 가지고 나오는데 털조끼가 소파에 앉아 투덜대는 게 들렸다. 아이,

아침부터 재수가 없더라니…… 국회 지나오면서 봤지, 언니? 시커먼 것들이 모여서서 악악대고 있는 거. 그런 것들 보면 하루 재수가 옴 붙어. 지들이 뭐 보태 준 거 있어? 우리가 지들보다 좀 잘먹고 잘살면, 그래서 뭐, 어쩌라고? 차도 안 빠지게 길을 막고 서서 말이야. 그러잖았음 난 언니랑 여기 안 오고 먼저 강 건너 갔지. 삼십 분이나 걸렸잖아, 거기서 빠져 나오는데…… 얼씨구, 저기 그 종자들 나오네. 열사는……무슨 얼어 죽을!

순호는 걸레질을 하다 말고 TV를 향해 고개를 돌렸다. 거기 도로를 가득 메우고 있는 군중 가운데서 마침 클로즈업되어 비쳐지는 사람들이 있었다. 지선생과 젊은 청년이 흰색의 대형 입식 피켓을 같이 잡고 서 있는 게 보였고, 그 옆으로 그녀의 아이들이 보였다. 두 아이는 노란색 소형 피켓을 하나씩 들고 두 팔을 연신 쳐들었다 내렸다 하며 뭐라고 외치고 있었다. TV 볼륨을 최소치로 해놓은 터라 무슨 소린지는 알 수 없었지만 아이들이 든 피켓에 적힌 글씨만은 또렷이 보였다.

'구석희 열사의 죽음을 헛되이 말라!'

순호는 젖은 바닥에 덜퍼덕 무릎을 꿇고 앉아 뚫어져라 그것을 바라보았다. 눈앞이 부옇게 흐려졌지만 손에 쥔 걸레처럼 후줄근했던 그녀 마음에 하늬바람이 불어들고 있었다. 자본의 성채답게 번들거리는 주상복합빌딩들이 요새를 이룬, 무풍지대의 하루가 새롭게 열리기 시작했다.

날개인간

/

김혁

1956년 충북 영동에서 태어났다. 경희대학교 한의과대학 졸업했고, 1983년 한국일보 신춘문예에 소설 「길고 긴 노래」가 당선되어 등단했다. 장편 『장미와 들쥐』, 『지독한 사랑』, 『누가 울어』 외 중단편을 다수 발표했다.

1

어느 날 아침, 요란한 알람 소리에 잠에서 깨어 침대에서 몸을 일으키던 O씨는 문득 이상한 느낌이 들었다. 몸이 평소와 달리 무척 가벼웠던 것이다. 그런데 기분이 산뜻하지가 않고 왠지 불쾌했다. 밤새 몸 안의 모든 것들이 다 빠져나가고, 속이 텅 빈 것만 같았다.

'드디어 나도 좀비가 되는 것인가?'

급 우울해진 그는 박제가 되어 버린 듯 한동안 꼼짝 않고 있었다. 그리고 침대에서 내려온 뒤 팔을 쭉 펴서 스트레칭을 하며 몸을 이리저리 가볍게 놀려 보았다. 역시 실체감이 전혀 느껴지지 않았다. 그동안 살아오면서 아무리 힘들어도 이런 적이 없었는데, 처음 있는 일이었다.

'차라리 좀비나 되어 버렸으면…….'

O씨는 속으로 씁쓸하게 웃으며 최근에 본 SF 영화를 떠올렸다. 좀비가 판을 치면서 세상이 너무나 황폐해지자, 좀비 지도부가 파멸을 막기 위해 마지막 남은 인간들을 사육하고 탐구하며 대안을 모색한다는 내용이었다. 그런데 좀비는 영화 속에만 있는 게 아니었다. 주변 사람들 대부분이, 아니 극소수의 사람만 빼고는 국민 모두가 좀비가 되어 가고 있는 중이었다.

물을 한 잔 마신 뒤, 다시 침대 속으로 들어가려던 그는 문득 양쪽 겨드랑이 근처가 가려운 것 같기도 하고 뻐근한 것 같기도 한 느낌이 들었다. 더듬어보니 뭔가 물컹한 게 만져졌다.

'오잉? 이게 뭐지?'

O씨는 화들짝 놀라서 화장실로 달려갔다. 옷을 훌렁 벗고 거울에 몸을 이리저리 비추어 보니, 양쪽 겨드랑이에 아이 주먹 만한 크기의 혹이 매달려 있는 게 보였다. 너무도 추하게 생긴 그것을 보는 순간, 정신이 번쩍 들면서 조금 남아 있던 잠이 싹 달아났다.

'아니, 이게 도대체 어찌된 일일까? 살 덩어리? 지방 덩어리? 암? 종양?'

별별 생각이 다 들었다. 보아하니 오래전부터 조금씩 자라고 있었던 모양인데, 제법 커진 이제 서야 비로소 알게 된 것 같았다. 가진 거라고는 달랑 몸뚱어리 밖에 없는데, 몹쓸 병이라도 걸리면 큰 일이었다. 그는 하루라도 빨리 병원에 가 보아야겠다고 단단히 마음먹었다.

'생일 선물 치고는 참으로 희한한 선물이로군……'

그날은 마침 그가 서른 번째 맞는 생일날이었다.

O씨는 청년 백수다. 변변한 직장도 없이 하루하루를 알바로 근근이 먹고 산다. 한때 매스컴에서 요란하게 떠들던 '88만원 세대' 중의 한 명이다. 그밖에도 '3포 세대'니 '5포 세대'니 하는 슬픈 별명들이 꼬리표처럼 그를 따라다니고 있다. 하지만 그는 연애나 결혼 출산 등을 한 번도 포기한 적이 없다. 나고 자란 이 사회로부터 말없이 포기를 강요당했을 뿐이다.

그는 대학에서 철학을 전공하였다. 복잡한 삶의 제반 문제들을 명쾌하게 진단하고 해결책을 제시하는 멋진 철학자가 되고 싶었다. 하지만 졸업한 뒤로는 우리 사회에서 전혀 쓸모가 없는 사람 취급을 받고 있다. 기업체에 입사원서를 아무리 내 봐도 서류전형에서 탈락이었다. 어디서고 오라는 데도 없고, 만나자는 사람도 없어서, 점점 투명인간이 되어 가고 있다.

그런 처지인지라 병원에 가는 일도 쉽지가 않았다. 차일피일 미루다 보니 어느새 몇 달이 훌쩍 지나고 말았다. 그동안 다행히 혹은 더 이상 커지지 않았다. 그 대신에 언제부터인가 혹에서 조그만 깃털이 자라기 시작했다. 처음에는 까만 점들처럼 보이더니, 나중에는 윤기가 자르르 흐르는 검은색 깃털로 변하기 시작했다. 꼭 까

140

마귀 날개 같았다. 그걸 지켜보는 O씨는 기분이 아주 묘했다. 마치 자신이 까마귀 새끼라도 된 것만 같았다.

'음, 그러니까 이게 날개란 말이지? 흐흐! 천사처럼 새하얀 날개였더라면 더 좋았을 텐데……. 아니야. 검던 희던 상관없어. 날개라는 그 사실이 중요해!'

O씨는 흐뭇하게 웃으며, 시간이 날 때마다 거울 앞에서 날개를 들여다보았다. 그리고 머릿속으로 온갖 공상의 나래를 펼치기 시작했다. 성격과 태도도 많이 변했다. 늘 소심하고 내성적이던 모습은 어느새 사라지고, 매사에 자신감이 넘치고 용감해졌다. 언제나 졸리고 흐리멍덩하던 두 눈도 마치 신대륙이라도 정복할 듯이 희망에 불타올랐다.

"그래, 이제 됐어! 이제 됐다구!"

그는 무슨 주문처럼 이렇게 자주 중얼거렸다.

날개가 생긴 뒤로 O씨는 전설상의 새인 금까마귀 꿈을 되풀이해서 꾸었다.

고대 동이족들은 태양 한가운데 금까마귀가 살고 있어, 날개를 활짝 펼 때 금빛이 반사되어 땅에까지 비치는 것이 햇빛이라고 생각했다 한다. 그 옛날 고구려를 상징했던 삼족오가 바로 그것이었고, 선불교에서는 궁극적인 깨달음을 표현하는 용어로 사용하기도 했다. 꿈에서 그는 찬란하게 빛나는 거대한 금까마귀가 되어 태양을 집어삼키곤 했다. 그러나 깨어나면 변한 게 아무것도 없는 한 마리 초라한 똥까마귀일 뿐이었다.

그가 거주하고 있는 고시원 주변에서도 까마귀 우짖는 소리가 부쩍 자주 들려왔다. 전에는 그 소리를 들을 때마다 온 몸에 소름이 쫙 끼쳤다. 같은 고시원 내에서 홀로 죽은 뒤 일주일 만에 발견된 K씨가 자꾸 생각났기 때문이었다. 그의 비쩍 마르고 부패한 시신을 떠올릴 때마다, 다음 차례는 틀림없이 자신일 거라는 공포감이 밀물처럼 밀려오곤 했다.

하지만 이제는 정반대였다. 그 소리를 들을 때마다 몹시 반갑고 기뻤다. 온갖 행운과 기쁨으로 가득한 미래의 어떤 메시지나 안부 인사 같았다. 그리고 집을 나서면 까마귀 몇 마리가 기다렸다가 그를 따라왔다. 마치 자신을 보호하는 수호신 같았다.

O씨는 유일한 일거리였던 편의점 알바도 때려치웠다. 그동안 이런저런 시답잖은 알바에 청춘을 바친 게 너무 억울했다. 당장 먹고살 일이 막막했지만, 오히려 마음이 홀가분했다. 그리고 딱히 할 일도 없어서 특별한 일로 외출하는 것만 빼고는 하루 종일 방안에서 뒹굴며, 날개를 자세히 그리고 유심히 관찰하였다.

날개는 보면 볼수록 사랑스럽고 아름다웠다. 그리고 세상을 발칵 뒤집어 놓을 것 같은, 어떤 알지 못할 음모의 기운이 감돌고 있는 것처럼 느껴졌다. 그런 예감으로 전율이 일 때마다 그는 몸을 부르르 떨며 속으로 부르짖곤 하였다.

'그래, 혁명도 좋고, 사랑도 좋고, 뭐든지 다 좋다! 어서 와라!'

O씨의 겨드랑이에 돋아난 날개는 사실 그리 크지는 않았다. 크기는커녕 꼭 참새 날개만 했다. 그러나 그의 머릿속에서는 드높은 창공을 유유히 나는 독수리의 날개만큼이나 크고 멋지게 생각되었다. 그 날개로 이 세상에서 날아가지 못할 곳이 없을 것만 같았다.

그리고 밤마다 자신이 감당하기에 너무나 크고 버거운 꿈을 되풀이해서 꾼 때문인지, 그는 그만 몽유병에 걸리고 말았다. 한밤중에 자다가 일어나서 고시원을 몰래 빠져나가, 유령처럼 거리를 몇 시간이고 배회하다 돌아오기가 일쑤였다. 여기저기 안 가는 곳이 없었다. 그러나 잠을 깨고 나면 아무것도 기억하지 못했다.

그러던 어느 날, 유난히 찬란한 금까마귀 꿈을 꾸고 난 아침에 형사대가 고시원으로 들이닥쳤다. 그리고는 그에게 영장을 제시한 뒤, 수갑을 채워 연행해 갔다.

"당신을 불법 주거침입죄, 불법 시위주동죄, 도로교통법 위반, 국회모독법 위반 혐의로 긴급 체포합니다!"

2

O씨는 아무 영문도 모른 채 경찰서 취조실로 끌려갔다.

"똑바로 말해, 임마! 너도 이번에 불법 농성을 주도한 놈들 중 하나지?"

눈초리가 매서운 정보과 형사가 손바닥으로 책상을 내려치며 심문을 했다.

"네? 불법 농성이라니요? 무슨 농성 말인가요?"

O씨는 어이가 없어서 황당한 얼굴로 되물었다.

"무슨 농성은 무슨 농성이야, 임마! 얼마 전부터 시청 앞에서 벌이고 있는 농성 말이지!"

"전 그런 일과는 거리가 먼데요? 그리고 요즘 그 근처에 간 적도 전혀 없는데요?"

"뭐? 간 적이 없어? 여기 이렇게 현장 사진에 찍혔는데도 오리발을 내밀 거야, 엉?"

형사가 무슨 사진 한 장을 코앞에 들이밀며 계속 다그쳤다.

"넌 이거 말고도 수상한 혐의가 몇 개 더 있어, 임마! 말로 할 때 순순히 자백해. 안 그러면 진짜로 뜨거운 맛을 보는 수가 있다!"

그는 형사가 건네주는 여러 장의 사진들을 자세히 들여다보았다.

〈사진 1, 2〉

얼마 전 모 대기업에서 단행한 부당 해고를 철회하라는 플랭카드가 어지럽게 걸려 있는 시청 앞 광장 농성장. 한밤중이라 밖은 깜깜한데, 머리에 붉은 띠를 두르고 천막 안에 가득 모여 있는 노동자들. 다들 농성에 지쳐 피곤한 얼굴이지만, 눈빛만은 어둠을 뚫을 듯 강렬하다. 그곳에 유령처럼 나타난 자신의 얼굴이 선명하게 보인다. 도대체 저길 언제 갔을까?

〈사진 3, 4, 5〉

마치 오랜 동지라도 되는 것처럼, 그들과 다정하게 웃으며 악수하는 자신의 이런저런 낯선 모습들. 그들과 함께 두 주먹을 불끈 쥐고 구호를 외치며 결의를 다지는 표정은 자못 비장하기까지 하다. 분명히 자기가 맞지만, 전혀 딴 사람인 것만 같다. 도대체 저길 왜 갔을까?

〈사진 6, 7〉

오래 전에 헤어진 여자 친구의 집 근처 골목길. 늦은 밤이면 바래다 주고 포옹한 뒤 아쉽게 돌아서던 익숙한 곳. 희미한 가로등 아래서, 그녀를 초조하게 기다리는 듯한 표정으로 서 있는 자신의 몹시 처량한 모습. 문득 양 갈비뼈 사이로 찬바람이 세차게 지나간다. 이미 오래전에 다 끝난 줄 알았는데, 도대체 저길 무엇 하러 갔을까?

〈사진 8, 9, 10〉

어둠 속에서 괴물들이 살고 있는 마법의 성처럼 보이는, 불 꺼진 거대한 국회의사당 건물 앞. 맨주먹을 쥐고, 캄캄한 허공에 대고 뭐라 외치고 있는 자신의 얼빠진 모습. 그리고 담을 넘어 들어가 오줌을 갈기는 객기 어린 모습. 도대체 저길 무슨 소용이 있다고 갔을까?

O씨는 전혀 기억이 나지 않았지만 모든 걸 순순히 시인하였다. 이렇게 해서 데모라고는 해 본 적도 없는 그는 졸지에 불법 시위와 농성을 주도한 혐의로 구속되었다.

다음 날부터 이름도 전혀 모르는 여러 단체의 간부들이 면회를 오기 시작했다. 그들은 하나같이 깍듯하게 굴며, 마치 조폭 두목을 대하기라도 하는 것처럼 행동했다. 그리고 똑같은 말만 되풀이하다 돌아갔다.

"O동지! 참으로 고맙소. 마음 단단히 먹고, 부디 몸조심 하시오! O동지 덕분에 우리는 안심하고 더욱 가열차게 투쟁할 수 있소! O동지, 조금만 참고 견디시오! 머지않아 반드시 승리의 날이 찾아올 것이오!"

O씨는 속으로 헛웃음만 나왔다. 왠일인지 자신의 처지가 조금도 억울하지가 않았다. 억울하기는커녕 오히려 이 상황을 연극처럼 즐기기까지 했다. 구치소 내에서의 생활도 크게 불편함을 느낄 수 없었다. 하루 세끼 밥걱정을 할 필요도 없었고, 좁은 고시원에서 하루 종일 빈둥거리는 것보다 훨씬 편하고 좋았다.

"고맙습니다! 감사합니다! 내 걱정들은 하지 마십시오. 정말입니다. 보시다시피 난 괜찮아요. 몸도 마음도 내 집처럼 편안합니다. 난 여기서 행복하게 잘 지내고 있습니다. 그리고 내 말을 꼭 기억해 주십시오. 나에게는 날개가 있습니다. 이 세상과 당신들을 구원할 날개가 있단 말입니다. 이제 나는 날아 오를 준비가 다 됐습니다!"

O씨도 면회 온 간부들에게 이 말을 되풀이했다. 그의 말을 들은 간부들은 모두 이상야릇한 표정으로 고개를 갸웃거리며 돌아갔다.

재판 과정에서 O씨는 단연 돋보였다. 난생 처음 받아 보는 재판이었지만, 전혀 위축되거나 당황하지 않았다. 오히려 독립투사라도 되는 양 의연하고 당당하게 행동함으로써 많은 사람들에게 커다란 감동을 안겨 주었다. 그리고 최후 진술을 하라는 재판장의 말에 그는 자리에서 일어나 당당하게 외쳤다.

"나는 죄인입니다! 정말로 많은 죄를 지은 죄인입니다! 제발 나를 처벌해 주십시오! 나 한 사람이 희생되어 이 세상이 평화로워질 수만 있다면, 나 하나 희생되어 조금이라도 더 평화롭고 인간다운 세상이 될 수만 있다면, 나는 백 번이라도 천 번이라도 되풀이해서 희생을 감수할 각오가 되어 있습니다! 아니, 당장이라도 목숨을 내놓겠습니다! 나는 목숨 따위는 전혀 아깝지 않습니다! 오히려 이렇게 목숨을 내놓게 되어 행복합니다! 누가 뭐래도 나는 행복합니다! 나에게는 세상을 구원할 날개가 있기 때문입니다! 믿어 주세요! 진짜로 나에게는 이 세상을 구원할 날개가 있습니다……!"

O씨의 입에서 자신이 생각지도 못했던 웅변이 한동안 폭포처럼 터져 나왔다. 순간 재판정은 뜨거운 함성과 박수 소리가 어우러진 감동의 도가니로 변했다. 그곳에 모여 있던 사람들은 모두 다 눈물을 흘렸다.

그의 최후 진술은 곧 사람들 사이에서 널리 퍼져 나갔다. 그리고 많은 화제와 논란과 의혹을 불러일으켰다. 이 혼탁하고 어지러운 시대를 이끌 진정한 지도자가 우리 앞에 나타났다고 환호하는 사람이 있는가 하면, 교묘한 말과 그럴듯한 위장술로 대중의 관심을 끌어서 자신의 정치적 목적을 달성하려는 거짓 선동자에게 속지 말라고 주장하기도 하였다.

그런데 얼마 후, O씨의 날개를 직접 자신의 두 눈으로 똑똑히 봤다는 사람이 나타났다. 교도소 간수 중의 한 명이었는데, 한밤중에 그가 옷을 몰래 갈아입을 때 마침 복도를 순찰하다가 우연히 보게 됐다는 것이었다.

"세상에! 내가 이 두 눈으로 똑똑히 보았는데, 아 글쎄, 그의 하얀 겨드랑이에 검은 날개가 떡하니 달려 있더란 말입니다! 그래서 나도 모르는 사이에 무릎을 꿇고 눈물을 흘리며 기도를 드리기까지 했습니다!"

그 말은 사람들의 관심과 호기심을 더욱 증폭시켰다. 그리고 그를 열렬히 추종하거나 극단적으로 증오하는 세력이 나타나는 등 사태는 다른 국면으로 접어들었다. 심지어는 그를 자신들의 구세주로 받들며, 날마다 교도소 앞에 모여서 기도와 찬양을 드리는 사람들도 있었다.

3

몇 달 후, O씨는 가석방으로 출소하였다.

예상했던 대로 많은 사람들이 그의 출소를 반겼다. 마치 대단한

투사 같았다. 그는 이제 예전의 그가 아니었다. 자신의 의사와는 무관하게 이미 선지자 비슷한 존재가 되어 버렸다. 그리고 여러 종교단체에서 달려와 서로 그를 데려가려고 경쟁이 치열하게 벌어졌다.

'그토록 처량하고 궁상맞기 그지없던 내 신세가 이토록 변하다니, 흐흐흐!'

O씨는 자신의 눈앞에서 벌어지고 있는 일련의 사태를 흐뭇한 마음으로 지켜보았다. 그리고 나름대로 따져 본 뒤, 그 중 한 종교단체의 책임자를 따라갔다. 특별한 이유가 있었던 건 아니었다. 단지 인상이 좋고 매너가 좋아서 마음이 끌렸던 것뿐이었다.

"교주님, 만세!"

그가 도착하자 모든 신도가 새로운 교주를 맞이하기 위해 뛰어나와서 환호성을 질렀다.

'오잉? 나보고 교주라니? 아직 교주까지는 준비가 안됐는데?'

O씨는 무척 당황하였다. 문득 후회감이 급속히 밀려들면서, 고시원이나 교도소로 되돌아가고 싶은 마음이 강하게 일었다. 하지만 사태를 돌이키기에는 이미 때가 늦었다. 어느새 그를 에워싼 신도들은 더욱 크게 환호하며 구호를 외쳤다.

신도들의 열렬한 지지와 환호에 떠밀려서 그는 얼떨결에 단상으로 올라갔다. 그리고 거기 마련된 호화로운 의자에 앉혀졌다. 그는 너무나 당황하고 창피해서 얼굴이 불에 덴 듯 뜨거워졌다. 그가 평소에 가장 경멸하던 존재가 바로 사이비종교 교주였다.

하지만 단상에서 신도들을 내려다보고 있자니, 문득 오래 전부터 이런 자리가 마련되어 있었던 것 같은 묘한 기시감이 들었다. 그리고 차츰 당혹감이 가시면서 자신을 이토록 열렬히 찬양하고 숭배하는 분위기가 싫지만은 않았다. 아니, 그런 분위기에 점차 동화되어 자신도 모르게 흥분하기 시작하였다. 까짓 교주 노릇 못할 것도 없다는 배짱마저 생겨났다.

그는 새로운 교주의 말을 애타게 기다리는 사람들을 향해 드디어 입을 열었다.

"여러분! 나는 천사가 아닙니다! 여러분과 똑같은 인간입니다! 그러니 제발 나를 특별한 존재라고 생각하지 말아 주세요! 물론 한 가지 다른 점은 있습니다. 나에게는 날개가 있습니다. 내가 이렇게 날개 인간이 된 것은 특별히 신의 은총을 받아서가 아니라 오랫동안 꿈을 꾸어 온 결과입니다.

여러분도 누구나 마음만 먹으면 날개를 가질 수 있습니다. 그러니 언제 어디서나 꿈을 잃지 마세요! 우리 모두 꿈을 꾸는 날개 인간이 됩시다. 그리고 앞으로 우리 모두 힘을 합쳐서 평화롭고 살기 좋은 세상을 만듭시다!"

신도들은 그의 말에 환호하며 박수를 쳤다. 그리고 어떤 특별한 이벤트에 대한 기대감으로 한껏 고무되어 갔다. O씨도 그게 무엇인지 잘 알고 있었다. 이미 집단적 최면에 빠진 그는 더 이상 망설

이거나 겁낼 것이 없었다.

"자, 이제 여러분이 그토록 궁금해 하시는 바로 그것, 날개를 보여 드리겠습니다!"

순간 장내는 찬물을 끼얹은 듯 조용해졌다.

O씨는 얼굴 가득 미소를 지으며 신도들을 한 번 둘러본 뒤, 천천히 상의를 벗기 시작했다. 신도들은 일제히 마른 침을 삼키며 단상을 뚫어져라 주시하였다. 이윽고 옷을 다 벗은 O씨는 마치 하늘로 날아 오르려는 한 마리 새처럼 앞을 향해 두 팔을 활짝 펼쳤다. 순간 그의 양쪽 겨드랑이에서 그리 크지는 않지만 윤기가 잘잘 흐르는 검은 날개가 나타났다.

"오오, 저 찬란하게 빛나는 날개를 보라! 천사님, 만세!"

신도들은 일제히 발을 구르며 환호성을 질렀다.

이렇게 해서 O씨는 모 종교단체의 교주가 되었다. 그 단체는 사실 얼토당토않은 종말론으로 신도들을 협박하며 금품과 재산을 강탈하는 사이비 종교단체였다. 당연히 이런저런 사건과 잡음이 끊이질 않았고, 크고 작은 비리를 숱하게 저질러 원성이 자자했지만, 그때마다 정치권력과 은밀하게 손을 잡고 교묘하게 법망을 피해 살아남았다.

그런 사실을 까맣게 모르는 O씨는 순수한 마음으로 단체를 이끌려고 애를 썼다.

"여러분! 이 세상은 선과 악의 대결장이 아닙니다. 정의와 불의의 싸움터도 아닙니다. 단지 애시 당초 잘못 설계된 설계도와 그것을 바로 잡으려는 깨어 있는 자들과의 싸움일 뿐입니다. 그 설계도는 사실 우리가 만든 것입니다! 까마득히 오래전에 우리가 이 지구를 정복하기 위해 악의 세력과 결탁하여 만든 원죄입니다!

여러분! 하지만 우리는 그것을 바꿀 힘이 있습니다! 우리 종교단체만이 바꿀 수 있습니다. 우리만이 그것을 대체할 새로운 설계도를 가지고 있습니다. 그것이 바로 앞으로 올 새 시대의 신앙이고 구원이고 은총입니다! 우리 내면에 들어 있는 그 설계도를 바꾸지 않는 한, 세상은 곧 망할 것입니다! 아니, 불의와 악의 세력이 판을 치고 있는 이 세계는 이미 망한 것이나 다름이 없습니다! 그래서 우리는 지금까지 내려온 우리를 죽이고, 새로운 설계도에 따라 새로운 신세계를 창조해야 합니다!"

O씨는 시간이 날 때마다 신도들을 향해 이렇게 거침없이 부르짖었다. 그럴수록 신도들은 더욱 열광하며 재산을 갖다 바쳤고, 뒤에서 O씨를 조종하고 있는 실세들은 입이 찢어져라 웃으며 박수를 쳤다. 말하자면 그는 얼굴 마담인 셈이었다.

그래도 교주는 교주인지라, O씨에 대한 예우는 모든 게 최상급이었다. 그는 지금껏 경험해 보지 못한, 아니 꿈도 꾸지 못한 초호화판 생활을 하였다. 의식주가 모두 최고급으로 제공됨은 물론이고, 곁에는 언제나 젊고 아리따운 여성들이 둘러싸고 시중을 들며 호위하였다. 무엇 하나 부족한 것도 부러운 것도 없었다. 천국이 따로 없었다.

　그토록 꿈같은 시간이 흐르면서, O씨는 자신도 모르는 새 점차 교만하고 오만해져 갔다. 입만 열면 구원과 신세계의 창조를 부르짖으면서도, 행동은 정반대였다. 걸핏하면 신도들에게 화를 내고 욕을 하는가 하면, 하루 종일 얼굴 한 번 내비치지 않고 여자들과 침대에서 뒹구는 일도 예사였다. 꿀단지에 빠진 똥파리처럼, 한번 맛 본 권력과 쾌락의 맛은 너무나 달콤하고 강렬해서 도저히 헤어날 수가 없었다.

　그런 어느 날, O씨는 우연히 실세들끼리 하는 얘기를 엿듣게 되었다.

　"이제 저놈을 슬슬 폐기처분해야 하지 않겠습니까?"

　"아니야. 아직은 쓸모가 있어. 조금 더 짭짤하게 이용해 먹고 나서 없애 버리자고."

　"그러다가 저놈의 힘이 더 커지면 곤란한 일이 생길 수도 있습니다."

　"아니야. 내가 보기에 그럴 만한 능력이 있는 놈이 아니야. 벌써부터 저렇게 계집들을 끼고 밤낮으로 놀아나는 꼴 좀 봐. 나보다 훨씬 더 질이 나쁜 사이비 교주라니까, 허허허!"

　"그래도 혹시 모르니까, 무슨 엉뚱한 짓이나 하지 않는지 잘 감시하겠습니다."

　O씨는 머리털이 온통 곤두서고 등에서 식은땀이 흘렀다. 비로

김 혁 / 날 개 인 간

153

소 정신이 번쩍 들었다. 밤새 고민을 한 그는 다음 날 새벽에 아무
도 몰래 숙소에서 빠져 나와 종적을 감추었다.

4

O씨는 몇 달간 아무도 모르게 잠수를 탔다. 한창 유명세를 타면
서 논란의 중심에 서 있던 사이비 종교 교주가 하루아침에 연기처
럼 증발하자, 온갖 소문이 난무하였다. 심지어는 휴거설까지 나돌
았다. 하지만 그의 행방을 정확히 아는 사람은 아무도 없었다.

그러던 어느 날, 그는 느닷없이 한 진보정당의 당사에 나타났다.
가장 급진적인 주장을 하는 것으로 유명한 정당이었다. 그리고 많
은 사람들 앞에서 당당하게 입당 기자회견을 했다.

"여러분! 잘 아시다시피 저는 얼마 전까지만 해도 모 종교단체
의 교주였습니다. 하늘의 명을 받들어 불쌍한 영혼들을 구원해 왔
습니다. 그러나 이제 저는 그 자리를 미련 없이 내려 놓았습니다.
지금 우리에게는 종교적 구원보다 정치 발전과 제도 개혁이 더욱
시급한 과제라고 생각해서, 눈물을 흘리며 만류하는 신도들의 손
길을 과감히 뿌리치고 여기로 왔습니다!

저는 정치에 대해서는 아무 것도 아는 게 없습니다. 그러나 혁명
의지만은 누구보다도 강합니다. 다행히 저를 당에서 이렇게 흔쾌
히 받아 주시니 그저 감사할 따름입니다. 앞으로 최선을 다해서 우

리 당과 정치 발전을 위해 노력하겠습니다. 저에게는 날개가 있습니다! 진보 세력의 발전과 승리를 위한 날개가 있습니다! 우리 모두 미래를 향해 힘차게 날아갑시다!"

O씨의 깜짝 변신과 진보정당 입당은 당연히 커다란 화제가 되었다. 그리고 정치권에도 적지 않은 파장을 몰고 왔다. 기존의 구태의연한 정치 판도를 흔들어 놓을 참신한 사건이라는 조심스런 예측과 함께, 진보정당과는 전혀 어울리지 않는 엉뚱한 시도이며, 단지 인기에만 영합하는 일회성 쇼라는 혹평도 많았다.

정당에서는 O씨에게 최고의 예우를 갖추었다. 일반 대중에게 자신들의 존재감을 높이고, 낮은 지지도를 끌어올리기 위해 고육지책으로 영입한 만큼, 그것은 당연한 일이었다. 그래서 그는 입당하자마자 최고위원직에 올랐다. 그야말로 파격적인 대우였다.

비록 정치 경험은 전혀 없었지만, 그는 오랜 알바 생활을 하면서 온갖 설움과 분노를 다 경험하였고, 우리 사회의 문제에 대해 뼈저리게 느낀 점들이 너무나 많았다. 그래서 회의 때마다 어떤 최고위원보다도 더 생생한 현장의 목소리를 전달할 수 있었다. 그동안 구체적인 현장의 문제점보다 이념 논쟁에 치우쳐 온 당으로서도 매우 큰 소득이자 자산이었다.

특히 그가 발표한 한 편의 풍자 동화는 많은 사람들로부터 열렬한 반응을 불러일으켰다.

〈옛날 어느 먼 곳에, 착한 사람들만 모여 사는 수저왕국이 있었습니다. 그 나라 사람들은 마음씨가 너무나 착하고 욕심이 없어서, 가진 재산이라고는 수저 말고 아무 것도 없었습니다. 그래서 도둑질이나 재물을 서로 더 갖겠다고 다투는 일이 전혀 없었습니다. 사람들은 유일한 재산인 수저를 매우 신성하게 여겼고, 이름도 자연히 수저왕국이 되었습니다.

그 나라 사람들은 음식을 먹을 때나 큰 행사를 하거나 하늘에 제사를 지낼 때, 세 종류의 수저를 사용하였습니다. 흙을 막 구워서 만든 흙수저와 은을 아름답게 세공해서 만든 은수저와 금으로 화려하게 치장해서 만든 금수저, 이렇게 세 종류였습니다. 그래서 사람을 부를 때도 이름 대신 별명으로 흙수저 은수저 금수저라고 불렀습니다.

흙수저는 농사나 어업이나 각종 물건을 만드는 일을 하는 백성들이 사용하였고, 은수저는 여러 가지 문서나 서류를 작성하는 일을 하는 관리들이 사용하였고, 금수저는 백성들의 평안과 행복을 위해 제사를 지내고 음악을 연주하는 일을 하는 왕이나 귀족들이 사용하였습니다. 수저 가격도 흙수저가 가장 비쌌고, 은수저와 금수저가 그 뒤를 이었습니다.

본래 욕심도 없고 일하는 것을 매우 신성시하는 수저왕국에서는 흙수저가 곧 나라의 주인이었습니다. 그리고 서로앞다투어 힘든 일을 하려고 했기 때문에, 흙수저는 숫자도 가장 많았고 또 가장 풍족하게 먹었습니다. 흙수저 덕에 먹고 사는 은수저는 늘 흙수저에게 감사하며 흙수저가 먹고 남은 음식을 먹었습니다. 또 은수저 덕에 겨우 먹고 사는 금수저는 은수저가 먹고 남은 걸 가지고 마지막으로 먹었습니다. 누구나 그걸 당연하게 받아들였습니다.

그래서 금수저는 늘 은수저를 부러워하였고, 은수저는 늘 흙수저를 부러워하였습니다. 당연히 금수저와 은수저는 기회만 되면 흙수저가 되려고 노력을 했습니다. 하지만 그건 매우 어려운 일이었습니다. 우선 몸이 튼튼해야 하고, 일을 할 때마다 신성한 기쁨을 느낄 줄 알아야 하고, 남을 위해 자발적으로 일을 더 많이 하는 희생정신이 있어야 하기 때문이었습니다.

수저왕국에서 금수저는 살기가 매우 힘들었습니다. 아무리 노력해도 흙수저가 될 수 없었습니다. 늘 배고픔과 차별에 시달리던 왕과 귀족들은 오랜 고민 끝에 한 가지 꾀를 생각해 냈습니다. 그리고는 은밀하게 흙수저를 찾아다니면서 유혹하기 시작했습니다. 힘들게 일하지 않고 놀고먹는 게 얼마나 좋은지, 춤과 음악을 즐기며 사는 게 얼마나 신나는 일인지, 세상은 넓고 재미있게 놀 일은 얼마나 많은지, 일만 죽도록 하다가 죽으면 인생이 얼마나 불쌍한지, 그리고 금으로 만든 수저가 은이나 흙으로 만든 수저보다 얼마나 귀하고 비싼지를…….

처음에는 아무도 들은 척도 하지 않았습니다. 아니, 다들 들어서는 안 될 아주 심한 욕이라도 들은 양 부끄러워했습니다. 심지어는 수치스럽다며 흐르는 시냇물에다 귀를 씻는 사람도 있었습니다.

하늘에 죄를 짓고 살라는 말과 같았기 때문이었습니다. 그리고 일하는 즐거움과 보람과 신성함에 비하면, 너무나 천박하고 치욕스럽고 염치없는 일이기 때문이었습니다.

그러던 중, 어느 호기심 많은 흙수저 하나가 그만 꾐에 빠지고 말았습니다. 마침 몸도 약하고 여기저기 아파서 일하기가 힘들었던 그는 눈을 딱 감고 금수저와 어울려 다니면서 금수저 흉내를 내기 시작했습니다. 그런데 금수저 노릇도 한 번 해 보니 그리 나쁘지는 않았습니다. 아니, 나쁘기는커녕 너무 좋았습니다. 그래서 그는 주변 사람들을 몰래 하나하나 끌어들였고, 방심하던 사이에 차츰 금수저에 동조하는 숫자가 늘어나기 시작했습니다.

어느덧 소박하고 부지런하고 검소하던 수저왕국에 금수저 바람이 거세게 불었습니다. 다들 일할 생각은 하지 않고 먹고 마시고 춤추며 놀기에 바빴습니다. 흙수저들은 앞다투어 자신들의 수저를 갖다 바치며 금수저가 되기를 원했습니다. 그러자 재빨리 모든 흙수저의 권한을 틀어쥔 금수저가 막강한 힘을 발휘하며 그들 위에 군림하기 시작했습니다. 이제 금수저는 흙수저에게 강제로 일을 시키며 노예 부리듯이 부렸습니다. 은수저에게 관리인 완장을 채우고는, 말을 듣지 않으면 밥을 주지 않고, 가차 없이 벌을 주고, 감옥에 가두었습니다.

흙수저는 행복했던 옛날을 생각하며 눈물을 흘렸습니다. 그리고 그때로 돌아가려고 힘닿는 대로 거세게 저항하고 반란도 일으켜 보았지만, 이미 때가 늦었습니다. 한번 빼앗긴 흙수저의 신성한 권리와 힘은 찾을 수 없고, 아무리 몸부림을 쳐 봐도 금수저가 은수저와 힘을 합쳐서 만들어 놓은 막강한 손아귀에서 벗어날 수가 없었습니다. 그래도 희망을 잃지 않고 언젠가는 행복했던 옛날로 돌아갈 수 있기를 꿈꾸며, 하루하루 열심히 일을 했습니다…….

이 엉뚱하고도 슬픈 동화를 읽고 감동을 받은 백수 청년들과 노동자 농민들은 저마다 손에 흙수저를 들고 거리로 뛰쳐나왔다. 그리고 구호를 외치기 시작하였다.

"우리가 이 땅의 진정한 주인이다! 기생충 같은 금수저와 은수저는 당장 물러가라! 그리고 우리 밑으로 들어와서 봉사하라!"

5

O씨가 최고위원으로 참여하면서, 그동안 별로 관심을 끌지 못하던 진보정당의 인기는 날이 갈수록 높아졌다. 그야말로 날개를 단 셈이었다. 그리고 정부에 대한 비판의 수위도 날로 높아져 갔다. 더욱 고무적인 것은, 그동안 정치에 무관심하던 젊은이들의 진보정당 가입 숫자가 부쩍 늘어난 사실이었다.

O씨의 어조는 더욱 강경해져 갔다. 그는 기회가 있을 때마다 우리 사회의 가장 시급한 문제인 청년실업 문제와 통일 문제에 대해

목소리를 높였다.

"여러분! 지금 우리 청년들이 일자리를 구하지 못해 죽어 가고 있습니다! 하지만 정부는 청년실업 문제를 해결할 능력도 없고, 의지도 전혀 없습니다. 아니, 진실은 오히려 정반대입니다! 정부가 적극적으로 나서면 충분히 해결할 수 있는 문제임에도 불구하고 일부러 방치하고 있습니다. 그 이유가 무엇인 줄 아십니까? 청년들이 무섭기 때문입니다! 청년들이 삶의 여유가 생기고 행복하면, 그래서 주인의식을 가지고 현실을 비판하고 미래에 대한 꿈을 꾸기 시작하면, 자신들의 설 자리가 없어지기 때문입니다! 이 정부는 청년뿐만 아니라 국민 모두를 좀비로 만들려고 혈안이 되어 있습니다. 국민이 행복하면 절대로 안 되기 때문입니다. 이렇게 청년과 국민들을 잡아먹고 사는 정부가 도대체 무슨 정부란 말입니까?"

"우리가 살기 위해서 남북은 하루 빨리 통일이 되어야 합니다! 아니, 남북은 이미 통일이 되어 있습니다! 우리는 결코 분단된 적이 없습니다. 남과 북의 민중들은 오래전부터 하나입니다. 민중은 애시 당초 하나의 생명체고 공동 운명체이기 때문입니다. 그렇습니다! 우리는 하나입니다! 단지 남과 북의 정치세력들과 이에 기생하는 기득권층들이 이를 부인하고, 하나가 되는 것을 가로막고 있을 뿐입니다. 그러므로 우리가 통일을 위해서 해야 할 일은 단 하나, 당장 남과 북의 추악한 정치세력과 정치집단을 몰아 내는 일뿐입니다! 남북의 민중들이여! 우리 모두 일어납시다! 무기가 없으면 맨손으로라도 저들을 몰아 냅시다!"

그의 말에 감화를 받은 청년 몇몇이 비밀 집회를 열고 내란 음모를 꾸몄다가 발각되었다. 기껏해야 몽둥이와 화염병 등으로 무장한 유치한 수준의 해프닝이었다. 그러자 기다렸다는 듯이 여러 극우단체에서 엄청난 공격을 퍼붓기 시작했다. 이럴 때면 어김없이 등장하는 어버이연합 노인들은 연일 당사 앞에 몰려와서 피켓을 치켜들고 "국민을 기만하고 우롱하는 검은 날개 인간은 물러가라!" "북한의 지령대로 움직이는 종북좌빨 세력을 몰아내자!"며 목소리를 높였다.

급기야는 '내란으로 국가를 전복하려는 민중혁명 폭력정당을 즉각 해산하라'는 고발장이 접수되고, 정식으로 검찰이 수사에 착수하였다. 재판은 정해진 각본에 따라 일사천리로 진행되었고, 대법원에서는 국내외의 거센 비난에도 불구하고 정당을 해산하라는 판결을 내렸다.

진보정당 대표는 즉각 구속되었다. 그 후 O씨도 조용히 당을 떠났다. 그러자 O씨를 둘러싸고 벼라별 소문이 다 나돌았다. 그가 가진 검은 날개를 종합병원에서 정밀검사를 해 봤는데 사실은 날개가 아니고 불치의 악성 종양덩어리에서 자라난 희귀 변종 털이었다는 둥, 멀쩡한 정당을 강제로 해산한 뒤 후폭풍을 잠재우기 위한 여론 무마 작업이 필요해서 정보기관에서 그를 몰래 납치했다는 둥, 교주 시절에 그가 데리고 놀았던 수많은 여성 신도들 가운데 하나와 외국으로 사랑의 도피행각을 벌였다는 둥, 근거 없는 소문들이 여기저기서 무성했지만, 그의 행방을 정확하게 아는 사람은 아무도 없었다.

한때는 그가 일베 같은 극우단체에 가담해서, 진보적인 인사들을 공격하는 핵심 멤버로 일하고 있다는 얘기가 들려오기도 했다. 그런데 아주 믿을만한 소식통을 통해서 너무나 구체적으로 전해진 얘기라 의심의 여지가 거의 없었다. 그가 그리할 수밖에 없었던 이유도 함께 제시되었는데, 종교단체 교주 시절의 부도덕한 행각을 폭로하겠다는 협박에 못 이겨 어쩔 수 없이 가담했다는 설과, 이 모든 게 애시 당초 그 극우단체에 들어가서 핵심 멤버로 활동하다 나중에 정치인으로 출세하기 위한 치밀한 시나리오였다는 설이 난무하였다. 하지만 정확한 실상은 밝혀지지 않았다. 그리고 시간이 좀 흐르자 대중들의 관심도 점차 시들해지고 말았다.

O씨가 마지막으로 대중 앞에 나타난 것은 모 홈쇼핑 방송을 통해서였다.

"여러분! 여러분! 그분이 오셨어요! 바로 그분이 오셨다고요!"

섹시한 여자 쇼호스트의 숨넘어갈 듯 호들갑스러운 목소리에 화면을 유심히 바라보던 시청자들은 깜짝 놀랐다. 뜻밖에도 O씨가 톱스타처럼 옷을 매우 화려하게 차려입고 나타났던 것이다. 얼마나 온갖 명품으로 몸을 휘감았는지, 움직일 때마다 번쩍번쩍 빛이 났다.

"여러분, 언제나 반짝반짝 빛나는 날개 인간, 우리 천사님을 잘 아시죠? 네, 그렇습니다! 오늘 저희가 정말 소중한 그분을 모시고, 이렇게 신상품 런칭 기념행사를 진행할까 합니다. 그런데 천사님, 그동안 어딜 다녀오셨나요?"

"천국에 좀 잠시 다녀왔어요."

"네? 정말이세요?"

"하하! 농담입니다. 그동안 여기저기 세상 구경을 두루 하고 왔지요."

O씨는 무척 즐거운 듯 활짝 웃었다. 그런데 예전과 달리 얼굴이 몹시 초췌해 보였다.

"네, 그러셨군요. 그런데 천사님께서는 누구보다도 날개에 대해서 잘 아시잖아요?"

"그런 셈이죠."

"그래서 이번에 새로 나온 옷을 한번 입어 보시라고 부탁을 드렸는데요, 느낌이 어떠세요?"

"지금 이렇게 입고 있는데, 아주 좋아요. 꼭 하늘을 날고 있는 듯한 느낌입니다. 날개가 따로 없네요, 하하하!"

"네, 그렇군요! 그래서 옷이 날개라는 말도 있잖아요? 우리 천사님이 친히 입어 보고 추천하시는 이 옷을 잘 보세요. 날개처럼 가볍고 포근하고 부드러우면서도 너무너무 아름답지요. 그리고 입으면 입을수록 우리에게 꿈과 희망을 주는 새로운 컨셉의 제품이에요!"

"이 옷 입고, 나 다시 천국으로 돌아갈래~~~ !"

"호호호! 우리 천사님 좀 보세요. 정말로 쿨하고 재미있지요? 옷이 얼마나 좋으면, 우리 천사님이 이러실까요?"

홈쇼핑 제품은 대박을 치며 완판 행진을 계속 이어갔다. 지금까지의 모든 기록을 갈아치운 신기록이었다. 이제 O씨는 홈쇼핑 사상 최고의 스타로 등극하였고, 다른 방송에서 서로 모셔가려고 경쟁이 치열했다. 인터넷 공간에서는 그를 패러디한 각종 영상물들로 넘쳐났고, 개그맨들은 앞 다투어 그의 흉내를 내기에 바빴다.

그러나 이런 시끌벅적한 소동들도 잠시, 그는 무성한 소문만 남긴 채 얼마 후 방송에서 영영 사라지고 말았다.

O씨는 결국 겨드랑이 암이 전신으로 퍼져 세상을 떠났다. 향년 33세. 우연히 날개가 생겨 천당과 지옥을 오가는 파란만장한 삶을 산 지 3년 만이었다. 언론마다 그의 부고를 짤막하게 보도했다. 그리고 평소 신을 믿지 않았던 그가 남긴 마지막 말은 다음과 같았다고 한다.

"신이여, 왜 나에게 진짜 날개를 주지 않고, 이런 가짜 날개를 주셨나이까?"

폭
탄 /

강물

2004년 소설 동인 〈뒷북〉 창간호에 「다락방과 나비」 「풀벌레의 집」을 발표하며 작품
활동 시작했다. 2015년 소설집 『스캔』 출간했다.

드디어 인생의 목표를 발견했다.

내가 폭탄이 되는 것이다.

적과 함께 폭발해 적의 심장을 찢고 태우는 것이다.

정의의 불로 심판하는 것이다.

안중근처럼, 윤봉길처럼!!

1

"생각했던 것과는 달리 강에는 맑은 물이 흐르고 산천은 아름다
웠습니다. 무엇보다 그곳에도 사람이 살고 있었습니다. 그 사람들
도 슬픈 일로 울고 기쁜 일로 웃고 있었습니다. 흥이 나면 음악을
크게 틀어 놓고 춤을 췄습니다. 부부 싸움도 하고 자식 걱정도 하

고 지도자가 바뀌었다고 변화를 기대하기도 했습니다."

여자가 말을 하기 시작했다. 여자의 입에서 저 더러운 말이 더 흘러나오지 못하도록 해야 한다. 순결한 이 땅을 물들이는 저 붉은 오물들이 더 쏟아져 나오기 전에 해치워야 한다. 적을 찬양하고 적을 이롭게 하는 저 반역의 총알들을 쏭쏭 쏘아대는 저 입을 막아야 한다.

그러나 침착해야 한다. 먼저 확인부터 하자. 청중들에게, 온 세상 사람들에게 확인시켜 줘야 한다. 저 여자가 한 말을, 저 여자의 이적 행위를! 나는 손을 들어 여자의 말을 끊었다.

"재미동포라는 신분을 이용하여 북한에 갔다 와서 북한을 지상 낙원이라고 했지요?"

"그런 말 한 적 없습니다. 서로 그만 적대하고 친해졌으면 좋겠다고 했습니다. 악의를 갖고 왜곡하는 종편의 말만 믿지 말고 책을 보세요. 내가 쓴 책을 보면 다 나와 있습니다."

여자는 거짓말을 하고 있다. 나는 다시 손을 들었다.

"그런 말 했잖아요?"

"다시 확인해 보세요."

"내가 듣기론"

여기저기서 야유가 터져 나오고 사회를 맡은 여자가 내 말을 끊었다.

"질문은 강연이 끝난 뒤 질의 응답시간에 해 주시기 바랍니다."

167

저 여자도 적의 땅에 여러 번 갔다 왔고, 적을 찬양하는 데 앞장선 여자다. 그러니까 말로 해서 될 인간들이 아니다. 나는 가방을 열고 세상을 바꿀 내 작품을 꺼냈다. 흐린 빛 속에서도 금빛으로 빛나는 양은냄비뚜껑을 열고 라이터를 켜서 폭탄 심지에 불을 붙였다. 치지직 심지가 타들어 갔다. 연습을 거듭하고 성능실험까지 마친 작품이다. 이제 저들은 내가 만든 불이 세상을 어떻게 심판하고 어떻게 단련시키는지, 어떻게 재창조하는지 보게 될 것이다.

나는 불이 붙은 냄비 폭탄을 들고 달렸다. 불의 기운이 내 몸을 거대하게 팽창시키고 있었다. 이 팽창력이 3초 뒤에 아직도 천지분간 못하고 이적행위에 골몰하고 있는 여자에게 도달할 것이다. 그리고 여자는 내 불을, 내 폭탄을 뒤집어 쓸 것이다. 그리하여 '폭사'가 무엇이라는 것을, '응징'이 무엇이라는 것을, 무엇보다 '정의'가 무엇이라는 것을 알게 될 것이다. 죽음을 통해 알게 될 것이다.

"뭐야?"

"으악!"

비명소리가 갑자기 난타하는 종소리처럼 울렸다. 아직 1초 밖에 지나지 않았다. 의자 세 개 거리를 달렸을 뿐이다. 의자 하나 거리를 더 달려 무대에 도착하면 이 나라 역사는 이 불로, 내 붉고 뜨거운 이 연금술로 다시 태어날 것이다.

"뭐야, 이 새끼?"

누군가 불이 활활 타오르고 있는 내 폭탄을 손으로 쳤다. 폭탄이 내 손에서 떨어져 나갔다. 폭탄은 의자에 부딪쳐 튕겨 올랐다가 누군가의 얼굴에 쏟아졌다. 그리고는 바닥에 굴렀다.

아, 내 폭탄!

나는 입구를 향해 달렸다.

"저 새끼 잡아!"

누군가가 내 발을 걸었다. 또 누군가가 앞으로 고꾸라진 내 뒷덜미를 낚아챘다. 또 누군가는 여자 대신 바닥을 태우며 타오르고 있는 내 폭탄을 발로 짓밟았다. 연기가 자욱했다. 내 폭탄이 바닥에 쓰러져 잦아드는 슬픔의 안개였다. 사람들이 캑캑거렸다. 내 거사가 실패했음을 확인하는 클로징 멘트였다. 여자를 잡지 못한 것이다. 여자를 불로 태우지 못한 것이다.

2

나는 앞수갑을 차고 경찰서에 도착했다. 모든 사람들이 일손을 멈추고 나를 쳐다봤다. 벌써 내 행적이 저들의 머리에 각인돼 있다는 증거였다. 그렇다면 내가 마냥 실패한 것만은 아니란 말인가. 비록 여자를 잡지 못했다 하더라도 성과가 아주 없지는 않다는 뜻인가. 여자에게 불세례를 안겼더라면 더 크게 더 확실히 각인시키는 것인데……

성당에서 내게 수갑을 채워 봉고차에 밀어 넣었던 경찰이 나를 수사과로 데리고 가 의자에 앉혔다. 한동안 일어서서 나를 관람하던 사람들이 자리에 앉아 코를 박고 각자 자기 할 일을 했다. 나는 갑자기 외딴 섬처럼 경찰서 한복판에 혼자 떠 있었다. 이제부터는 내가 내 배의 키를 잡고 노질을 해야 할 것 같았다. 두려움의 실상이 이것이었던 것일까? 이렇게 바다 한가운데 떠있는 막막함이었던 것일까? 캄캄한 밤바다 흐린 별밖에 보이지 않는 외로움이었던 것일까? 이렇게 감옥살이가 시작되는 것일까? 그러나 시간이 갈수록 낯선 항해도 심심해졌다. 그때 흐린 밤하늘을 가로지르는 섬광이 내 머리를 치고 달아났다.

'역사는 기록이다!'

나는 수갑에 채인 왼손을 위로 비틀어 핸드폰 카메라를 열고 오른손을 찍어 사이트에 올렸다. 작고 오동통하고 화공약품에 덴 흉터로 얼룩진 내 오른손이 팔찌처럼 가느다란 은빛 수갑에 둘러싸인 사진은 볼수록 아름다웠다. 다시 보니 내 팔목에 둘린 수갑은 전장에서 돌아온 병사의 목에 걸어 준 꽃다발 같았다. 곧바로 댓글들이 달렸다. 나는 이미 의사 또는 열사가 되어 있었다. 내 거사와 이 사진을 통해 나는 비로소 이 나라 역사에 편입된 것이다. 비록 확실하게 성공하진 못했지만 이 사진과 함께 나는 악을 물리치고 정의를 바로 세운 자랑스런 역사 속으로 걸어 들어간 것이다. 그런데 갑자기 이봉창의 얼굴이 떠올랐다. 왜 하필 안중근도 윤봉길도 아닌 이봉창이 떠올랐을까?

"이름?"

나를 심문하는 경찰은 부드러웠다. 나와는 달리 키가 크고 하얀 얼굴에 얼굴선이 가늘었다. 목소리마저 부드러워 길에서 만나면 누구도 형사인 줄 짐작도 못할 사람이었다. 명패에는 조사관 강필 규라고 씌어 있었다. 내 목소리도 덩달아 가느다랗게 나왔다.

"김철수입니다."

"나이?"

"열여덟입니다."

"소속?"

"나라공고 화공과 3학년입니다."

강형사는 가끔씩 나를 건너다보며 짧게 물었다.

"그곳엔 왜 갔나?"

"북한에 갔다 온 여자가 우리 마을에 들어와 이적 콘서트를 연 다고 해서 응징하러 갔습니다."

"응징?"

"예. 처단하러 갔습니다."

강형사는 나를 빤히 쳐다보다 고개를 끄덕였다. 나는 그 끄덕임의 의미를 알 수 없었지만 마음에서 흘러나오는 대로 대답하고 싶었다. 나는 꿀릴 게 없으니까. 나는 역사 속으로 걸어 들어왔으니까.

"누구랑 같이 갔나?"

나는 대답하지 않았다. 그한테는 중요한 문제인지 모르지만 나

171

한테는 전혀 중요한 문제가 아니었다. 이봉창도 윤봉길도 김구의 존재를 밝히지 않았다. 강형사는 다시 나를 빤히 쳐다보다 물었다.

"네가 다니던 교회 전도사가 너를 성당까지 태워다 줬다는 제보가 들어왔는데 사실인가?"

"아, 아닙니다. 혼자 버스 타고 갔습니다."

"몇 번 버스?"

"자, 잘 기억이 나지 않습니다."

"네가 타고 간 버스도 기억이 안 난다?"

"기, 긴장해서 그런 것 같습니다. 기억나면 말씀 드리겠습니다."

"그으래…?"

강형사는 다시 나를 빤히 쳐다보다 서류에 고개를 박았다. 그는 내 존재를 잊어버린 것처럼 한참동안 눈도 깜빡이지 않고 모니터를 응시하다 불쑥 다시 물었다.

"어디서 타고 어디까지 갔는데?"

"시청 앞에서 성당 앞까지 타고 갔습니다."

등 뒤에서 땀방울 몇 개가 허리춤으로 굴러 떨어졌다. 이마가 아닌 게 다행이었다.

"그곳에 도착해서 한 일은 무엇인가?"

"먼저 무대에 가까운 오른쪽 가에 자리를 잡고 콘서트 장면을 폰으로 찍어 사이트에 올렸습니다."

"왜?"

172

"내가 어디서 무엇을 하는지 회원들이, 세상 사람들이 알아야 할 것 같아서요."

"그럼 회원들도 알고 있었네?"

"어제 내가 무엇을 할지 간략하게 올렸습니다."

"뭐라고 올렸는데?"

"집 근처 성당에서 그 여자 이적 콘서트 여는 데 그 여자 폭사했다는 소리 들리면 난 줄 알라고 했습니다."

"그렇다면 미리 계획한 것이네?"

강형사의 눈빛이 흔들렸다. 강형사의 눈빛이 하도 심각해서 나는 잠깐 대답하기가 주저되었다.

"'폭사'라? 그럼 죽일 마음을 갖고 갔다는 뜻이고, 그렇다면 살인미수겠지? 그렇더라도 그렇게 말하면 너한테 불리할 텐데?"

강형사가 두리번거리며 둘러보다가 더 작은 목소리로 중얼거리듯 말했다. 강형사가 나보다도 더 두려워하는 것 같았다.

"사진은 또 무엇무엇 올렸나?"

"폭탄 재료에 쓸 화공약품 모아 놓은 것 하고 수갑 찬 사진 올렸습니다."

"수갑 찬 사진을 벌써 올렸다고? 폭탄 재료들까지?"

강형사가 거듭거듭 고개를 흔들었다. 내가 바보라는 뜻일까? 아무래도 강형사가 나에 대한 이해가 부족한 것 같다. 내 거사에 대한 이해도.

"성당에서 사진 찍어 사이트에 올린 뒤에는 뭐했나?"

"빼갈을 마셨습니다."

"빼갈? 고량주 말이야?"

"네."

"독실한 기독교인이라며?"

"거사를 하려면 담력이 필요했습니다."

"거사라……?"

강형사는 나를 빤히 쳐다보며 말을 잇지 못했다. 아무래도 강형
사는 나를 얕잡아보는 것 같다.

"그 다음에는?"

"그 여자에게 북한을 지상낙원이라고 했냐고 물었습니다."

"그랬는데?"

"여자가 그런 말 한 적이 없다고 했고, 내가 다시 물으니까 사람
들이 내 말을 잘랐습니다."

"그래서?"

"빼갈 한 모금 더 마시고 폭탄에 불을 붙여 무대로 달려갔습니
다. 그런데 무대 바로 앞에서 누군가가 내 폭탄을 내리쳐서 폭탄이
바닥으로 굴렀고 나는 붙잡혔습니다."

"폭탄은 어떻게 구했는데?"

"내가 만들었습니다."

"네가 폭탄을 만들어?"

"로켓쿠킵니다."

"로켓쿠키? 그게 뭔데?"

"사제폭탄입니다."

"어떻게 만드는데?"

"프라이팬에 물을 조금 넣고 가열한 다음 설탕을 넣고 저은 뒤에 질산염을 넣고 다시 저어 걸쭉해지면 심지를 꽂아 거푸집에 넣어 식힙니다. 그러면 거푸집 모양대로 다양한 로켓쿠키를 만들 수 있습니다."

"누구한테 배웠나?"

"나는 화공과 학생입니다. 인터넷에 만드는 법이 널려 있기도 하구요."

"재료는 어디서 나고?"

"인터넷에서 구매했습니다."

"비용은?"

"제 용돈으로 샀습니다."

"누구랑 만들었지?"

나는 역사적 성과를 혼자 차지하고 싶지도 않지만 배신자가 되기도 싫다. 시간이 지나면 역사가 밝힐 것이므로.

"혼자 만들었습니다."

"어디서?"

"회사에서 만들었습니다."

"회사 사람들은 네가 어딘가에서 만들어 가지고 왔다던데?"

"회사에서 만들었습니다."

"회사 어디?"

"집에서 만들었습니다."

"집에는 만든 흔적이 없던데?"

"집에서 만들고 흔적을 없앴습니다."

강형사가 다시 나를 빤히 쳐다봤다.

"하여튼 회사에서 만들었습니다."

"로켓쿠키도 폭탄이잖아? 사람한테 터지면 죽거나 다칠 수 있는."

"처단하고 싶었습니다."

"처단?"

"사회질서를 어지럽히고 적을 이롭게 하는 자를 처단하지 못하면 이 나라가 어떻게 되겠습니까? 그건 이름만 나라이지 나라가 아닙니다."

"그건 국가가 판단하고 결정할 일이지 네가 할 일이 아니잖아?"

"국민이 권력을 위임한 국가가 손을 놓고 있습니다. 애국시민이 나서야 합니다. 애국시민이 곧 국가의 주체가 되어야 합니다."

"네 생각이야, 다른 사람이 네게 주입한 생각이야?"

"내, 내 생각입니다."

"너는 아직 어리잖아? 아직 주권을 행사할 수 있는 나이도 아니고."

"나라 걱정에 애어른이 어디 있겠습니까? 나도 이제 내 생각과 행동을 책임질 나이가 됐습니다."

"네 행동에 책임을 지겠다⋯⋯? 황산은 왜 가져갔나?"

강형사는 고개를 젓다가 다른 질문을 했다.

"폭탄이 실패했을 경우 쓰려고 했습니다."

"황산이 어떤 물건인지는 잘 알겠네, 화공과 학생이니? 화학분석기능사 자격증도 갖고 있다며? 위험물기능사 필기시험도 합격했고."

"네."

"폭탄이 실패하면 황산으로 태워 버리려 했다는 뜻이네? 끼얹었으면 얼굴이며 몸이며 다 타 버렸을 것 아냐?"

나는 거기까지 대답할 수는 없었다. 아무래도 내게 불리할 것 같았다.

"폭발물에 의한 테러에 살인미수 혐의까지 추가되겠네! 왜 그랬는데?"

"용서할 수 없었습니다."

"뭘?"

"적의 땅에 맘대로 갔다 와서 적의 땅에도 사람이 산다고, 우리와 똑같은 사람이 산다고 말했습니다."

"그게 왜?"

"적의 땅엔 사람이 살 수 없습니다. 사람이 살 수 있는 데면 왜 그렇게 많은 탈주자들이, 피란민들이 목숨을 걸고 남으로, 우리 땅으로 쏟아져 들어옵니까? 그곳에는 괴물에게 조종 받는 꼭두각시들과 괴물과 그 하수인들에게 붙잡혀 강제로 수용생활을 하는 불쌍한 난민들만 있을 뿐입니다. 형사님도 북이탈 주민들이 보여 주는 영상을 한 번만이라도 보셨다면 금방 알 수 있는 일입니다. 저 여자들도 그 괴물의 조종을 받고 지금 꼭두각시 노릇을 하고 있는 것입니다. 경고했음에도 괴물의 꼭두각시 노름을 멈추지 않는다면 응징할 수밖에 없습니다."

"누가 네게 그런 권한을 줬는데?"

"하나님과 이 나라 역사가 내게 사명을 줬습니다. 그리고 하나님과 역사가 평가할 것입니다."

강형사는 멍한 눈으로 나를 보고 있다. 아무래도 그는 이해력이 부족한 것 같다.

"부모님도 네 계획을 알고 있었나?"

"모르셨을 것입니다."

"담임 선생님은?"

거사 전에 담임이 상담실로 불렀다.

"핸드폰에 이상한 사진 담아갖고 다닌다며?"

"말씀드릴 수 없습니다."

"말할 수 없으면 내가 네 폰을 봐도 되니?"

"안 됩니다. 제 프라이버십니다."

"프라이버시라면 존중해 줘야지. 애들이 네가 걱정스럽다고 얘기해서 네 얘길 들어보고 싶었던 거야."

"선생님이 보시면 선생님 얼굴을 보지 못할 것 같습니다."

담임은 고개를 끄덕이며 넘어갔지만 담임은 결국 그 사진들을 봤다. 다른 놈들이 내 폰에서 다운받아서 담임에게 보여 줬던 것이다.

"왜 그렇게 사지를 절단하고 피칠갑을 한 어린 여자들 사진을 갖고 다니니?"

"남자들이 다 이뤄놓은 세상에 여자들은 그냥 무임승차하잖아요."

"여자들이……? 여자와 남자가 합해져서 세상을 이루는 것이지, 어떻게 남자들만의 힘으로 세상을 만들 수 있으며 어떻게 그런 세상이 존재할 수 있겠니?"

"남자들이 죽어라고 돈 벌어오면 여자들은 그 돈을 쓰느라 바쁘고, 남자들이 나라를 지키느라 뺑이치고 있는 동안 여자들은 공부해서 앞서 가잖아요?"

"여자들이 살림하고 육아를 하기 때문에 남자들은 밖에 나가 돈을 벌 수 있고, 내 어머니 내 누이가 가족을 지키고 공부할 수 있도록 내가 나라를 지키는 것 아닐까? 지금은 여자들이 사회생활을 많이 해서 일과 가사를 다 해야 하는 처지이기도 한데."

"그만큼 경쟁이 치열해지고, 군에서 썩고 나온 남자들만 코너로 몰리고 있잖아요?"

"그것 때문에 여자를 싫어하고 온라인 오프라인에서 공격하는 거니?"

"그냥 취미생활입니다."

"취미생활? 거기 회원이라며?"

"네."

"거기서 활동하면 재밌어?"

"내가 살아 있음을 느낍니다. 나를 표현할 수 있고, 나를 알아주는 사람들도 있고, 같은 뜻을 가진 동지들도 있고."

"네가 살아있음을 느끼는 것이 다른 사람을 괴롭히거나 아프게 하는 것이라면?"

"북을 추종하는 벌레들은 잡아 없애야 합니다. 나라를 지키기 위해선 제거해야 합니다."

"벌레? 누가? 어떤 사람이 싫을 수는 있겠지만 그렇게 미워하고 혐오하는 이유가 뭘까?"

"선생님은 비디오 안 보셨어요? 나는 중학교 때 지옥 같은 북한을 탈출해 넘어 온 선교사님이 보여 주신 영상을 봤어요. 눈 뜨고 보지 못할 장면이었습니다. 그게 다 김씨 일족과 그 일당들이 저지른 죄악입니다."

"비디오 한 편을 보고 그렇게 판단했다?"

"한 편만 본 것은 아닙니다. 그렇지만 하나 속에는 온 세상이 들어 있다고 들었습니다."

"미워하면 그들만 미워하지 왜 북녘사람들과 거기 여행하고 온 사람들까지 미워하니?"

"실상도 모르면서 미화하고 찬양하니까 그렇지요. 그게 적을 이롭게 하는 행위이구요. 그러니까 우리가 종북이라고 깔 수밖에 없구요."

"네가 다니는 교회에서도 네 활동을 좋아하니? 예수님은 뭐라고 하셔?"

"예수님은 항상 정의의 편입니다."

"다른 사람을 공격해 고통과 상처를 주는 것도 정의일까?"

"예수님이, 그리고 역사가 평가할 것입니다."

"나치도 유대인들을 잡아 죽여야 할 벌레로 생각했다. 그래서 그렇게 죄의식도 없이 끔찍하고 잔혹하게 학살했던 거고. 그들은 어린 청소년들까지 동원하기 위해 히틀러유겐트를 조직했다. 그들이 나치와 나치 활동을 옹호하고 나치의 이념을 확산시키고 아무런 죄책감 없이 잔혹 행위를 행하도록 만들었지. 모택동시절 홍위병들도 반대파를 제거하는 도구로 활용됐고. 너는 누구일까? 무슨 일을 하고 있는 걸까?"

"나는 적을 옹호하고 적을 도우려는 자들을 응징하고 싶은 거뿐이에요."

"그들이 적이라는 근거가 어디 있어?"

"그들이 한 말이 있잖아요?"

"거기도 사람이 살고 있고, 그들도 우리와 똑같은 사람이더라고 말했다고?"

"그들은 적을 찬양했다구요. 방송에도 나왔잖아요?"

"그럼 내가 그들에게 그들을 응징하려는 너도 앞날이 창창한 젊은이이고 우리와 똑같은 사람이라고 말하면 너를 찬양하는 것일까? 설사 찬양하면 어때? 칭찬해 주면 서로 기분이 좋아지고 기분이 좋아지면 더 가까워지고 더 가까워지면 싸우지 않아도 되잖아? 총을 쏘지 않아도 되고 폭탄을 쓰지 않아도 되고 핵실험을 하거나 핵폭탄을 만들려고 기 쓰지 않아도 되고 그걸 두려워하지 않아도 되고."

"그들은 우리와 다릅니다. 그들은 적입니다. 그들은 우리처럼 평화를 생각할 줄 모르는 자들입니다."

"나는 네가 적이라는 관념에 사로잡혀 평화라는 단어를 모르거나 잊어버린 게 아닌가 걱정되는데?"

"적은 막강한 무기를 들고 호시탐탐 우리를 무찌를 기회를 엿보고 있는 실쳅니다. 우리의 평화를 위협하는 명백한 위험입니다. 그런 적에게는 평화도 용서도 없습니다. 그게 우리의, 아니 나의 강령입니다."

담임의 눈빛이 흔들렸다. 유독 담임의 눈에만 바람이 부는 것 같앗다. 앞머리가 다 벗겨져 몇 올 남지 않은 담임의 머리카락이 담임의 눈동자를 따라 흔들렸다.

강형사는 나를 계속 쳐다보고 있다.

"담임 선생님이 알고 있었는지는 모르겠습니다. 내가 거사계획을 말씀 드린 적은 없습니다."

"네가 폭탄을 들고 달린 곳은 성당이야. 종교시설이라고. 너도 종교를 믿는 사람인데 다른 종교시설을 그렇게 파괴해도 될까?"

경찰은 누구 편인지 모르겠다. 이 나라를 지키려고 하는 자의 편인지, 이 나라를 파괴하려고 하는 자의 편인지. 이 나라를 지키려고 하는 것인지, 적들을 이롭게 하기 위해 존재하는 것인지.

"적들은 도처에 깔려 있습니다. 예수를 팔아 성전을 짓고, 그 성전을 괴물들의 아지트로 만든 것입니다. 폭파시키지 않으면 우리의 미래는 없습니다."

"누가 한 말이지?"

"우리, 아니 나는 그렇게 생각합니다."

"네 말대로 거사라고 하자. 그 모든 걸 준비하고 거기까지 가고 폭탄을 던지기까지 쉬운 일이 아닐 텐데, 불안하고 두렵고 혼자서는 하기 힘들었을 텐데."

"나라를 위한 일이니 감수해야지요."

"애국활동이니 감수한다?"

"나라가 이렇게 위태로우면 사람들의 불안과 두려움은 더 커집니다."

"나라 뒤로 숨지 말고 네 불안과 두려움이 무엇이냐고?"

"사는 일이 불안하고 두렵지 않은 사람이 어딨겠습니까?"

"뭐가 그렇게 불안하고 두려운데?"

나는 대답할 수가 없다. 강형사는 나도 모르는 것을 묻고 있다.

"지금 실습 중이라며?"

"네. 석유회사에서 위험물 관리 실습하고 있습니다."

"회사 사람들도 알고 있었다며?"

"어제 그제 그 여자 잡겠다고 말한 적은 있습니다."

"그런데?"

"장난으로 생각한 것 같습니다."

"네 사이트 회원들은?"

"설마 했는지도 모르지요."

"다시 물을게. 폭탄은 어디서 만들었어?"

"회사에서요."

"누구랑 만들었어?"

강형사도 끈질긴 면이 있다. 그러나 대답할 수 없는 질문은 질문
이 아니다.

"혼자 만들었습니다."

"회사 어디서?"

"집에서요."

"집에서 만든 흔적이 없던데? 어디야, 만든 데가? 누구랑 만들었어?"

"부모님께 피해가 가지 않도록 흔적을 지웠습니다."

"부모님까지 생각했네! 어디야, 거기가?"

"질문이 자꾸 중복되고 있습니다."

"네 대답이 왔다갔다하니까 자꾸 묻는 거야. 진실을 알고 싶어서."

"내가 말한 게 진실입니다."

"집에서 만들었다, 회사에서 만들었다 둘 다 진실이라고?"

"집에서 혼자 만들었습니다."

"사람들이 다치고 화상 입은 것은 알고 있지?"

"몰랐습니다."

"죽이겠다고 폭탄을 던지러 간 사람이 네 폭탄에 사람이 다친 걸 몰랐다?"

"나는 실패했다고 생각했고, 사람이 다친 것은 몰랐습니다."

"이제 어떻게 할 건데?"

"내가 종을 쳤으니까 종소리를 들은 사람들이 있을 것입니다."

"그게 무슨 소리야?"

"다시 그 상황이 되면 실패하지 않겠습니다."

"네 죄가 얼마나 큰 줄은 알고 있니?"

"나는 죄를 지은 게 아닙니다. 나는"

"너는 폭발물 제조 및 사용, 건조물침입죄, 총포도검화약류 등 단속법 위반, 특수재물손괴죄에다 살인미수 혐의가 추가될 수 있어. 네가 이 진술을 고집하면. 네가 원하는 게 뭔데?"

"나는 위기에 빠진 나라를 구하려고 했을 뿐입니다."

강형사는 나를 빤히 쳐다보다 고개를 들어 천장을 봤다. 본디 하얀 페인트칠을 했을 벽과 천장은 베이지색을 띠어 가고 있었다. 중간중간에 먼지를 뒤집어 쓴 길다란 형광등들이 줄을 맞춰 천장 밖으로 걸어 나가고 있었다. 나도 형광등의 이동을 따라 밖으로 걸어나가고 싶었다. 그러나 나는 안다. 나는 아직 걸어 나갈 때가 아니라는 것을. 하나님이 주신 사명과 역사의 명령에 충실해야 한다는 것을. 핍박과 고난을 감내해야 한다는 것을.

3

그 여자를 잡아야 한다고 흥분하던 종편들은 하루나 이틀만 내 거사를 다뤘다. 종편은 오히려 그 여자들에게만 집중했다. 아직도 그 여자들을 잡기 위해 부산했다. 실망스러웠다. 그들은 나를 지우려고 작정한 것 같았다. 어쩌면 그들은 나를 보호한답시고 시선을 내게서 그 여자들에게 돌리기 위해 분투하고 있는지도 모른다. 내 거사의 정당성을 옹호하기 위해서 그런지도 모르고. 그것은 내 거사에 대한 모독이다. 나는 보호받기 위해 거사를 한 것이 아니다.

나를 석방하라는 구명운동이 벌어지고 있다는 소식도 들었다. 그들도 번지수를 잘못 짚었다. 나는 목숨을 구걸하기 위해, 적어도 처벌을 피하기 위해 일을 벌이지는 않았다. 나는 괴물들로부터, 좀비들로부터 이 땅을 구하고 싶었을 뿐이다. 구명운동은 나를 모독하고 내 뜻과 정신, 이 땅의 순결성을 모독하는 것이다. 패배주의적인 발상이기도 하고.

내 거사 이틀만에 나를 위한 모금액으로 1천 3백만 원이 걷혔다는 소식도 들었다. 일제 강점기 감옥에서 순국한 김동삼 열사를 아무도 거두지 않을 때 한용운은 기꺼이 그의 시신을 거둬 '적 치하에 매장하지 말고 화장을 하여 강산에 뿌려 달라'는 그의 유언대로 한강에 뿌렸다. 내 비록 갇혀 있지만 내 뒤를 돌보는 이들이 있는 걸로 보아 내 거사가 헛되지 않았으며, 이 나라에 희망이 있다는 걸 알 것도 같다.

엄마와 아버지는 그들이 건네 주는 후원금을 받지 않겠다고 말했다. 아버지는 그들이 나를 망칠 것이라고 화를 냈다. 같은 일을 두고도 세상은 이렇게 뜻이 갈린다. 그래서 사는 게 쉽지 않다.

격려 편지가 쏟아져 들어왔다.

장하다, 구국의 영웅 김철수 의사!

고맙소. 이제 비로소 정의의 물줄기가 말라 버린 작금의 현대사에서 자랑스런 인물을 발견했소.

주로 적의 땅에서 탈출해온 사람들이 보낸 것이 많았다. 전부 나보다 세상을 오래 산 사람들이 보낸 것이었다.

김의사, 당신은 나라를 지킨 우리의 자랑스럽고 순결한 아들이요, 손주라오. 존경하고 사랑하오.

김의사, 당신은 이 척박한 시대 다시 나오기 힘든 애국지사요.

어린 당신에게 이 중차대한 거사를 맡긴 선배로서 미안하고 송구스럽소.

일베 종정이라고 신분을 밝힌 스님이 보낸 것도 있었다.

온 국민에게 힘을 준 너, 잊지 않으마.

유치장 너머로 눈발이 날리고 있었다. 눈발은 창살에 붙어 금방 녹았다. 엄마부대들이 내가 갇혀 있는 쇠창살 밖에서 소리쳤다.

제2의 이승복, 국민아들 김철수!

열여덟 어린 의사가 빨갱이를 척결했다!

종북의 심장에 매서운 경고를 날린 우리의 자랑스런 아들 김철수 의사를 테러범으로 매도하는 사이비 언론을 규탄한다.

안중근 의사와 윤봉길 의사의 뒤를 이은 애국지사 김철수, 국민아들 김철수는 무죄다! 당장 석방하라!

뭐 얼떨떨하지만 할 말은 없다. 약간 오글거리기도 하지만 기분이 나쁜 것은 아니다. 아니 그 반대다.

국회의원이 친필 편지를 보냈다. 자신의 명함을 붙인 친필편지!

북의 인권과 민주화를 위해!

단 비폭력적 방법으로!

무슨 뜻일까? 자기 대신 내가 해줘서 고맙다는 뜻인가, 아니면 다른 방법으로 하라는 뜻인가?

뭐 상관없다. 친필 편지를 보낼 정도로 국회의원도 관심을 가질 만한 일이라면 내 거사가 그만큼 큰일이었다는 뜻일 것이다. 정말 안중근이나 윤봉길은 되지 못했지만 이봉창은 된 셈인가?

실망스러운 것은 국과수가 내 폭탄이 폭발물이 아니라고 감정한 것이다. 파괴력이 크지 않았다나 뭐라나. 그들이 나를 보호하려고 한 짓인지는 모르겠지만 나를 모독하고 내 거사를 폄훼하는 짓이다. 그 만큼 내 거사가 역사에서 차지하는 비중을 약화시킬 테니까.

"저 새끼, 또라이 아냐? 지금이 어떤 세상인데 대낮에 폭탄질이야?"

"열사님한테 왜 그래? 애국지사를 몰라보고."

"이러다간 대한민국이 중동이 되는 건 금방이라고! 거긴 처음부터 그랬냐고? 테러를 방치하니까 조직화되고 그 테러 조직이 커져서 연쇄 폭탄테러가 일어나고 손쓸 수 없게 된 것이지."

"그래도 폭탄을 쥔 자들이 권력을 장악할 걸!?"

노역장에 들어가자 선배들이 알은척을 하며 환영인사를 했다. 뭐 크게 상관은 없다. 밖에서도 적에게 가까운 자들은 내 거사를 테러라고 했고, 애국시민들과 동지들은 의거라고 했다. 일제 강점기 때도 그랬다. 안중근과 윤봉길의 거사를 일제는 테러라고 했고, 독립 운동가들은 의거라고 했다. 나중에 독립을 한 뒤 당연히 의거라 기록하고 학교에서도 의거라 가르친다. 결국 역사가 말해 줄 것이다.

이미 내가 다니던 학교와 내가 폭탄을 던진 성당, 내가 잡혀 들어간 경찰서, 지금 머물고 있는 소년원은 나를 기리는 사람들이 자주 들르는 코스가 되었다. 그들은 내 자취와 궤적을 돌며 답사를 한다. 사이트에서 일부 회원들은 그 길 답사를 성지순례라고 부른다. 물론 나도 안다. 폭탄을 던지듯 어딘가에 마음을 던지고 싶어 만들어 낸 은유와 과장이라는 것을.

한 남자가 조용히 다가왔다. 그는 별 말 없이 자신의 영치금을 털어 과자를 사 주거나 라면을 사 줬다.

"야, 뭐 그렇게 살벌하게 폭탄 같은 거 만드냐? 특기를 살려 돈을 버는 게 낫지. 나랑 같이 뽕 제조하면 어떨까? 평생 취직 걱정, 먹고 살 걱정 안 해도 될 텐데."

그는 장난스럽게 말했지만 나는 안다. 그는 진심이라는 것을. 세상은 어지럽지만 곳곳에 착한 사람들도 많다. 그는 자기 돈을 풀어 내 먹을 것을 대줬다. 내가 그의 제안을 농담으로 받아들였어도 끝까지. 거사 직후 경찰서 유치장에 갇혔을 때 경찰이 도시락을 줬다. 하얀 반투명 플라스틱 숟가락을 드는데 갑자기 눈물이 솟구쳤다. 지금 밖에서는 내가 만든 떡밥으로 파티를 할 텐데 나는 여기서 콩밥을 먹고 있구나, 싶었다. 다행히 유치장엔 나 혼자밖에 없어서 내 눈물을 누가 볼 일은 없었다. 누가 봤더라면 내 거사의 빛은 희미해졌을 것이다.

경찰서에 있던 초기에 콘서트 사회를 봤던 여자가 찾아왔다. 나를 용서한다고 했다. 경찰한테도 선처를 부탁했다고 그 여자의 입으로 말했다. 나는 여자가 재수 없다. 뜬금없이 찾아와 가당찮게 내게 베푸는 것처럼 말하는 것도. 자신도 못난 남자에게 기생하고 있을 거면서 잘난 척하기는.

"나는 괜찮지만 사람들이 다쳤다."

"다칠 줄은 몰랐습니다. 겁만 주려고 했는데."

나는 아버지의 말을 들을 수밖에 없었다. 아버지는 무조건 빌라고 했다. 아버지는 겁에 질려 있었다.

"내가 자식을 잘못 키웠다!"

아버지는 손등으로 눈물을 훔쳤다.

"어떻게 됐어요?"

여자는 어리둥절해 했다.

"뭐가?"

"사람들이 좀 바뀌었어요? 얼마나 많은 사람들이 이 사실을 알아요?"

나는 이 여자에게 물어야 할 질문인지 가늠이 잘 안 됐지만 답답했다. 여자는 한참동안 나를 쳐다보며 말을 잇지 못했다.

"너는 분단의 피해자야!"

여자는 내 눈에서 눈을 떼지 않고 천천히 말했다.

"나처럼, 우리 모두처럼!"

나는 여자가 도무지 무슨 말을 하는지 알 수가 없었다.

"우린 너처럼 이렇게 항상 불안에 떨며 살 수밖에 없겠지. 불안을 조성해서 먹고 사는 자들이 양쪽의 권력을 쥐고 있는 한. 그래서 우린 불안이 우리를 다 먹어 버리기 전에 내가 나를 먹어버리지. 그게 덜 고통스러우니까. 그것밖에 방법을 모르니까. 너처럼 적을 만들어 깨뜨리는 게 불안을 해소하는 한 방법이기도 하고.

그런데, 그렇게 하면 불안이 해소될까? 너에게 폭탄을 던지게 한 사람들, 조직들, 기구들은, 그 불안의 뿌리들은 그대로 있는데?"

여자는 대답 대신 엉뚱한 말만 했다. 여자는 나보다 더 답답해하고 더 초조해 보였다. 그래서 마음이 아렸다. 근데 여자가 불안을 알까? 내가 적을 폭파하지 않으면 적이 나를 폭파한다는 것을? 이제 내 신분이 드러났으니 그들이 내 폭파 대상인 것처럼 나도 그들의 폭파 대상일 것이다. 그렇다면 더더욱 싸우는 수밖에 없다. 그들을 모조리 폭파시키는 수밖에 없다. 이 여자 앞에서 괜히 약해지려는 내 마음도 사실은 폭파 대상이다. 이런 나를, 이렇게 나약한 나를 폭파시키지 않으면 나는 나를 회유하려는 이 흉악한 적에게 폭파돼 버릴 것이다.

담임은 경찰서로, 소년원으로 면회를 왔다. 머리카락은 더 힘이 없어지고 몇 가닥이 더 줄어 있었다.

"뜻을 이룬 거니?"

"실패했습니다. 아주 실패는 아니고 절반의 실패라고 할까요. 적에 대해 잘 모르고 안이하게 대처하는 국민들에게 경각심을 불러일으키고 적의 추종자들을 밝혀 내는 데 도움이 됐으니까요."

담임은 내 눈을 빤히 쳐다봤다. 눈에 슬픔이 가득했다. 괜히 또 내 마음이 물러진다. 이 마음을 잡아야 한다. 이 마음을 붙잡지 못하면 나는 적에게 지는 것이다.

"이제 어떻게 살래?"

"남은 적을 쳐부숴야죠. 내 안에 있는 적을 포함해서요."

"나는 네가 너를 망가뜨리고 있는 것이 걱정인데?"

"안중근 의사도 윤봉길 의사도 그 시대엔 모두에게 이해받고 인정받진 못했어요. 시간이 지나면 역사가 평가하겠지요."

"평가가 그렇게 중요하니?"

"역사 없는 민족은 죽은 민족입니다."

"왜 꼭 적대하고 죽여야 하니? 서로 화해하고 화합해서 같이 살면 안 되니?"

"적을 모르셔서 하시는 말씀입니다."

"내 눈엔 네가 말한 적들이 잘 보이지 않는데? 다 나 같고 너 같고 우리 같은 사람들만 보이지. 내가 눈이 나빠서 그런가?"

"내게 보이지 않는다고, 내가 모른다고 적이 존재하지 않는 건 아닙니다. 적은 항상 보이는 곳보다 보이지 않는 곳에 더 많이 존재합니다."

"인천에 산다는 80대 할아버지가 내게 전화했다. 너를 훌륭한 애국자로 길러줘서 고맙다고. 이름이 길어서 잘 기억나지도 않는 한 단체의 노인들은 학교에 찾아와 성금을 냈다. 너에게 전해 달라고. 방학인데도 너를 길러낸 학교를 보고 싶다고 찾아오는 노인들이 많다. 이게……도대체……네 생각은 어떠니?"

"제가 얘기할 문제가 아닌 것 같습니다."

인간은 때로 겸손해야 한다. 더구나 담임 앞에서는 더더욱.

"국회의원도 너를 면회했다며?"

자신의 명함과 친필 편지를 보냈던 국회의원이 면회를 왔다. 그는 폭탄을 어떻게 만들었으며, 폭탄을 던진 이유, 앞으로 어떻게 할 것인지를 물었다. 나와의 대화를 첨부해 재판장에게 선처를 호소하는 탄원서를 제출하겠다고 했다. 그는 실제로 탄원서와 나와의 대화록, 내가 그에게 보낸 편지를 보도자료로 만들어 언론사에 돌렸다. 그는 나를 도우러 왔을까, 나를 만나고 간 자신의 활동을 보도자료로 만들기 위해 왔을까? 뭐 그게 무엇이든 상관없다. 내가 그에게 필요한 존재라면 내가 그만큼 의미 있는 존재일 테니까.

"내 죄가 제일 크다. 네가 이 지경에 이르도록 몰랐으니."

이 세상 사람들은 모두 두 갈래다. 나를 아는 이와 나를 모르는 이, 그리고 적과 내 편. 내 편이 아닌 사람들을 모두 적으로 돌릴 생각은 없다. 그러나 가슴이 아프다. 그들이 나를 모른다는 것이.

내 진정성을 모른다는 것이.

4

　재판장은 나를 검찰로 돌려보냈다. 검찰이 나를 처리한 소년부 송치 결정을 취소하고 정식 형사재판을 받으라는 것이다. 판사는 소년재판으로 진행하는 것이 적절하지 않고 범행 동기와 죄질이 금고 이상의 형사 처분을 할 필요가 있다고 말했다. 아버지 얼굴은 새파래졌지만 그 덕에 나는 구치소에서 풀려나 불구속 상태에서 재판을 받게 됐다. 보호자가 국가에서 부모로 바뀐 것이다. 뭐 소년재판이든 형사재판이든 상관없다. 나는 이미 풀려났고 나는 내가 보호할 것이다. 언제 잡혀 들어갈지 모르지만.

　나는 나를, 내 풀려남을, 이 째지는 기분을 뽀대나게, 간지나게 기념하고 싶었다. 나는 두부 위에 초를 꽂고 불을 붙였다. 상 위에는 나와 함께 유명해진 빼갈 두 병과 김치도 함께 올렸다. 비록 종이로 만든 것이지만 나는 고깔모자를 쓰고 테디 베어를 안았다. 큰놈 작은놈 두 마리를 안았다. 하나로는 부족하고 허전했기 때문이다. 이 기쁜 날에 음악이 빠질 수는 없다. 나는 노트북을 열어 축하 음악을 틀었다. 몸이 마음을 따라 붕 떠올랐다. 나는 지금 구름 위에 있다. 나는 이 구름 위에서 내려가고 싶지 않다. 나는 내려가지 않을 것이다. 이 구름을 타고 살 것이다. 그러나 급한 것은 기록이다. 나는 이 모든 것을 사진으로 찍어 사이트에 올렸다.

기록에서, 더구나 역사적 기록에서 꼭 필요한 것은 실증적 자료이다. 나는 내게 보내 준 국회의원의 친필 편지와 수많은 애국지사들이 보내 준 격려 편지를 같이 찍어 사이트에 올렸다. 강력한 동지애를 뜻하는, 사이트의 상징인 실물 손가락 로고도.

거사에서 체포, 경찰서 유치장과 소년원 생활, 재판 과정까지도 담담하게 기록해 올렸다. 후원금이 엄마의 지갑에 들어간 사연까지 모두. 왜냐고? 역사는 언제나 기록이니까. 특히 뜻을 갖고 거사를 하는 자는 기록에 철저해야 하므로. 뒤에 오는 사람들이 이 역사를 통해 배울 것이므로.

내 기록과 인증샷을 본 지지자들이 열광했다. 나는 궁금한 것이 있으면 질문도 받는다고 올렸다. 중앙 언론사들도 내 기록과 인증샷을 재생산하며 온 나라에 퍼트리고 알렸다. 역시 역사는 기록이다. 역사적 기록은 재생산에 재생산을 거듭하며 역사에 굳건히 새겨진다.

"우리가 너를 잘못 키웠구나! 교회 열심히 댕겨서 참하게 크는 줄 알았더니……."

아버지는 시도 때도 없이 눈물을 훔쳤다. 어쩌겠는가, 아버지의 시대가 저물고 내 시대가 온 것을!

세상은 양지가 있으면 음지가 생긴다. 적이 강성해지면 우리의 응징도 거세지듯이. 사이트에서 내 출소 인증사진과 기록을 본 내

거사 피해자가 발끈했다. 그는 화상을 입어 오랫동안 병원에 입원
했던 사람이었다. 그는 재판이 열리는 법원 앞에서 피켓을 들고 1
인시위를 했다.

테러는 끔찍한 범죄입니다. 절대 용납해서는 안 됩니다. 폭탄테
러의 엄정 처벌을 촉구합니다.

그는 기자들에게도 조용히 말했다.

"한때 아직 어린 학생임을 감안해 용서를 생각한 적이 있었습니
다. 그러나 김군은 반성하지 않고 사이트에 자신의 무용담을 올리
며 여전히 나를 비롯한 피해자들에게 고통을 주고 있습니다. 나는
김군에게 엄한 처벌이 내려지기를 원합니다. 단호한 처벌만이 재
발을 막을 수 있는 유일한 처방입니다."

아버지는 검사의 구형이 끝난 뒤 아직도 피켓을 들고 있는 그 앞
으로 나를 끌고 가 용서를 빌게 했다. 그것은 상황이 불리하게 돌
아가는 것을 막아야 한다는 변호사의 조언이기도 했다. 나는 그와
그의 피켓 앞에 3분 동안 무릎을 꿇었다. 마음이 무릎을 말렸지만
무릎은 어쩔 수가 없었다. 소나기는 피하고 봐야 한다는 말도 일단
이 칼날의 터널을 벗어나고 봐야 한다는 말도 나를 힘들게 했다.
아버지와 엄마는 그를 붙들고 거듭 선처를 호소했다. 나는 아무 말
도 나오지 않았다.

내가 무릎을 꿇었다는 기사가 나오자 사이트에는 실망의 탄식
이 흘러나와 먹구름처럼 떠다녔다. 내가 번 점수가 한꺼번에 무

강
물
/
폭
탄

197

너져 내리는 것 같았다. 한동안 커 보이던 내 키가 도로 쫄아들었다. 어쩌겠는가, 아버지 말대로 내 앞길이 창창한데 감옥에서 썩을 수는 없다. 썩더라도 기간을 줄여야 한다. 감옥 바깥에서 할 일이 많으므로. 그렇지만 내가 분열되고 찢어지는 느낌을 어쩔 수는 없었다.

재판정에서 나는 변호사 조언대로 검찰의 공소사실을 모두 인정하고 용서를 빌었다.

"과격하게 행동해서 주변의 관심을 얻고 싶었습니다. 사람이 다칠 줄은 몰랐습니다."

변호사는 내가 계획적으로 거사를 벌인 것은 아니라는 뜻이라고 강조했다.

재판장은 폭탄과 황산을 가지고 간 이유를 물었다. 나는 변호사의 조언을 따랐다.

"단상에 올라가서 내 이야기를 하고 만약 사람들이 제지하면 위협하려고 했습니다."

말하고 나니 내가 정말 그랬던 것 같다. 재판장은 사이트에 역사적 기록을 남긴 것에 대해서도 물었다. 나는 나도 모르게 변호사의 얼굴을 쳐다본 뒤 대답했다.

"걱정해 주는 사람들이 많아 근황을 알리고 싶었을 뿐입니다. 영웅심은 전혀 없었습니다."

발언 기회를 얻은 아버지가 울먹이며 말했다.

"아들이 뚜렷한 삶의 목표가 없어 그런 일을 벌인 것 같습니다. 재판이 마무리되면 자원입대시키겠습니다."

장기 2년, 단기 1년 6개월 징역형을 구형했던 검사와 달리 판사는 징역 1년에 집행유예 2년을 선고하고 보호관찰을 받으라고 명령했다. 풀어 주되 사이트 출입을 못하게 한 것이다. 내 역사와 기록이 여기서 멈추게 되는 게 아닌가 불안했지만 내 폭탄으로 화상을 입은 사람은 내가 사과하지도 않고 뉘우치지도 않는다고 민사소송을 통해 책임을 묻겠다고 했다. 아버지는 내 등을 다시 떠밀었지만 나는 그에게 가지 않았다. 나는 걱정하지 않는다. 내 뒤에는 나를 포함해 두부를 들고 대기하고 있는 사람들이 많이 있을 것이므로.

누가 뭐라든 나는 연금술사이며 불꽃의 전사다. 이미 내 불로 세상은 새롭게 태어나고 바뀌어 가고 있다. 내 거사 이전과 내 거사 이후로. 그 사이 적을 찬양하던 여자는 미국으로 추방됐고, 그 여자를 따라다니며 콘서트 사회를 보고 토론을 하던 여자는 이적행위로 처벌을 받아 구속됐다. 다 내 불의 위력이다. 사실 그 불로 더 단련되고 연금된 것은 나 자신이다. 더 감쪽같아지고 더 강력해진 나. 이제부터 내가 내 삶의, 역사의 주인공이고 구원자다. 앞장 선 자는 늘 외로운 법이다. 그러나 알아주는 지지자들과 심지어 추종자들이 있어 그렇게 외롭지는 않다. 아니 살맛이 난다. 나는 안다. 나는 이미 폭탄이 되었고 나는 지금 폭탄이라는 것을, 어쩌면 남은 삶도 적을 응징하는 폭탄으로 살아야 한다는 것을, 벌써 이미 이것이 내 인생의 목표라는 것을.

근데 쫌 기분이 꿀꿀하고 무섭다. 테디 베어를 더 큰 걸로 사야겠다. 나보다는 큰 걸로!

하얀 방/

최서윤

1962년 화천에서 태어나 서울교대를 졸업했다. 1996년에 〈소설과 사상〉으로 등단했으며 창작집으로 『길』이 있다.

1. 결혼식

서울대로 가는 버스를 기다리는 사람들의 줄이 길었다. 휴일이라서 학생들보다 관악산을 오르려는 등산복 차림의 사람들이 더 많았다. 그 틈에 나처럼 결혼식 하객인 듯 성장을 한 사람들이 섞여 있었다.

대학 정문 안에 들어선 버스는 느린 속도로 조금 가다 서곤 했다. 학교 안에 있는 여러 예식장 중에 라쿠치나 서울대점은 깊숙이 들어가 있었다. 식장 건물 앞에 내렸을 때 예식이 시작된 뒤였다. 찻길이 막힐까봐 지하철을 타고 왔는데도 집에서 출발한 지 두 시간이 지나 있었다.

'꼭 이 안에서 결혼을 해야겠어?'

나는 짜증이 좀 났다. 접수대로 가서 봉투를 세 장 꺼내 이름을 썼다. 축의금을 넣어 접수대 앞에 앉아 있는 젊은 남자에게 건네주고 식권을 받았다. 부탁 받은 두 사람의 축의금을 전달하고 방명록에 그들의 이름까지 적고 나자 사명을 완수한 007처럼 홀가분해졌다.

혼주는 전에 같은 학교에서 근무한 교사다. 사교적인 교사들은 오 년마다 바뀌는 공립 학교 근무지를 옮겨 다니며 동료가 새로 생길 때마다 매달 두 째 주 화요일에 만나는 '이화', '일월', '세수', '네목' 같은 모임을 만들었다. 그래서 퇴직이 가까워진 교사 중에 한 달에 절반쯤 모임에 참석하는 사람들도 있었다. 나는 오늘 혼주인 교사를 포함해서 네 명이 모이는 모임 하나밖에 없다.

학교를 중간에 그만둔 탓도 있지만, 모임이라면 어디에 갇힌 듯 답답해하는 성격 탓도 있었다. '우리'라는 단어 자체를 '소 우리', '돼지 우리' 때처럼 가두는 '우리'로 해석했다. 모임 안 사람들끼리는 친밀감이지만 모임 밖 사람들에게는 배타적으로 보이는, 그들만의 잔치에 대한 경계심도 작용했다. 그런 내게 아무도 모임을 같이 하자고 권해 오지 않아서 거절할 기회도 없었다.

딱 한 번 나와 잘 지내던 학년 부장 교사가 학년 말에, 계속 만나고 싶으니 모임을 만들자고 제의했다. 일 년에 두 번 시간적 여유가 있는 방학 때 만나자고 했다. 처음에 몇 번은 지켜졌으나 나중에는 친지 중 누가 죽었다, 누가 결혼한다 하는 때만 얼굴을 보게 되었다. 네 명 모임이니 모임을 소집하는 주체를 빼고 세 명이 다 참여하는 경우가 드물었다. 오늘도 나는 다른 사람에게 축의금을 대신 전달해 달라는 부탁을 하려고 했는데 오히려 그들의 부탁을 받게 되었다. 교장으로 근무하는 사람은 학교에 급한 일이 생겨서 갑자기 학교운영위원회를 소집하게 되었다고 했고, 또 한 사람은 백내장 수술을 한 뒤에 눈병이 생겨 외출할 수 없다고 했다. 사람들이 북적거리는 곳에 다녀오면 몇일 동안 상태가 좋지 않다는 나의 사정은 그 두 가지에 밀릴 수밖에 없었다.

점심을 먹기에 이른 시각이라 예식장을 구경하려고 문을 살짝 열었다. 문 앞까지 늘어선 하객들의 등 때문에 신랑 신부의 얼굴은 커녕 식장 구경도 할 수 없었다. 조심스럽게 문을 닫고 나서 피로연 장소인 아래층으로 내려갔다.

피로연 테이블에 앉아 있는 사람들도, 하얀 접시를 들고서 뷔페 음식이 차려진 곳 주위를 돌고 있는 사람들도 대부분 반듯한 양복 차림의 남자들이었다.

'이상하다. 남자들만 불러 모은 것은 아닐텐데?'

하얀 접시를 집어 들고, 샐러드를 담고, 전복죽을 담고, 너비아니구이를 담을 때 답을 찾았다.

'여자들은 결혼식 구경을 하고 있구나!'

남자들은 대부분 축의금 접수를 하고는 피로연 장소로 내뺀다는 것을 오랜만에 식장에 참석해서 잊고 있었다. 여자들은 신부 얼굴이 어떻고, 화장이 어떻고, 드레스가 어떻고, 부케가 어떻고, 꽃 장식이 어떻고, 일일이 구경거리이고 얘깃거리였다.

하객들 틈에 혼자 앉아 먹는 것도 어색한데 온통 남자들 속에 앉아 있는 것이 거북했다. 나도 모르게 주눅이 들어 구석 자리를 찾고 있었다. 아무려나 나는 임무를 수행했다는 만족감으로 맛있는 것을 챙겨 먹고 가기로 했다.

두 번째 접시를 들고 갔을 때 여자들이 우르르 몰려들어 왔다. 그 틈에 함께 근무한 적이 있는 교사 얼굴을 발견했다. 그녀는 다른 일행과 같이 있어서 인사만 간단히 건네고 내 자리로 와서 음식을 먹었다. 세 번째 접시를 들고 갈 때 그녀 곁으로 자리를 옮겨 앉았다. 그녀와 같은 학년을 한 적은 없지만 교내 등반 회원이어서 산에 다니며 친하게 지냈다. 한번은 뒷풀이 모임이, 저녁을 먹으면서 소주를 마시고 맥주 집에 들렀다가 노래방까지 이어지면서, 그녀의 노래를 들었다. 그녀가 부르는 '꽃밭에 앉아서'를 들으며 저 노래가 저렇게 좋았나? 새삼 놀랐다. 내 귀에는 그 노래를 가수가 부를 때보다 좋았다.

그녀는 가수가 되고 싶었다고 했다. 그녀가 대학을 다닐 때까지만 해도 가수라는 직업을 딴따라라고 부르며 경원시하는 분위기였다. 아버지는 유럽 유학을 다녀온 일세대로 아버지 형제가 모두 미국, 유럽, 일본으로 유학을 다녀왔고 유명 철학자를 배출한 집안이었다. 어려서부터 노래를 좋아하고 잘했으나 집안 어른들 앞에서 가수가 되겠다는 얘기를 꺼낼 수 없는 분위기였다. 미대에 진학해서 대학 축제 같은 곳에서 가수 소리를 들으며 노래를 부르다가 졸업 후 교사가 되고 나서도 가수의 꿈을 접지 못했다. 퇴직 후 노래로 봉사하는 일을 하고 싶다고 했다.

"선생님, 목소리가, 감기 걸렸어요?"

"아니. 성대 결절 수술을 하고 나서 쉬질 못하고 무리를 했더니 이렇게 돼 버렸어."

"그럼, 노래는?"

"못하지 뭐. 노래하지 못하고 나서 생활 반경이 반으로 줄은 거 같아."

방금 전 결혼식을 올린 신랑 신부와 함께 혼주 내외가 하객 주위를 돌며 인사를 하러 왔다. 나는 눈도장을 확실히 꼭꼭 찍으려고 자리에서 일어나 다가갔다. 화장이 잘됐다, 젊어 보인다, 신부 인상이 좋다……하고 돌아와 임무를 완전히 마친 뿌듯한 마음으로 마지막 접시를 비웠다.

2. 자동차

피로연 장에서는 여러 직업 사람들이 섞여 있어서 과거 동료와 함께 교사 모임에 끼어 있었지만 네 명이 탈 수 있는 자동차 앞에 다섯 명이 서게 되자 전직인 내가 빠지며 지하철을 타고 가겠다고 했다. 그때 현직 무리에 있던 한 사람이 집이 일산 쪽에 있다며 같은 방향으로 가는 내게 타고 가라고 했다.

신림역에서 한 명이 내리자 뒷좌석에 두 명이 앉게 되어 편하게 떨어져 앉았다. 오늘 결혼식을 올린 혼주 아들은 서울대를 나와 연봉 팔 천이 넘는 외국계 보험 회사에 들어가 사 년만에 사 억을 모아 마포에 전셋집을 얻었다고 했다. 대학 다닐 때부터 사귀던 여자친구가 있는데 전문대를 나온 데다가 직업이 변변치 않아서 결혼 승낙을 미루고 있던 중 여자가 떠났다고 했다. 여자 친구와 헤어진 뒤 두 달만에 엄마 소개로 만난 여교사와 오늘 결혼식을 올린 거라고 했다.

"저 집 딸은 경찰대에 갔다가 적성에 안 맞아 다시 시험 쳐 의대에 들어갔어. 정신과 의사가 돼서 요즘 텔레비전에도 나오고 그러잖아. 걔는 아주 부잣집 외아들에게 시집을 가서 결혼할 때 제 시아버지가 십 억이 넘는 월드컵 단지의 아파트를 사주었대."

"어쩌면 그렇게 공부를 잘해? 수능에서 두 개밖에 안 틀렸다네."

차 안의 사람들이 오늘 결혼식 혼주의 아들과 방금 전에 내린 교사 딸 이야기를 했다. 나는 그들의 얘기를 들으며 창밖만 내다보았다.

한강 다리를 건너면서부터 막혔던 길이 뚫리며 차가 시원스럽게 달렸다.

"여기가 어디야?"

"삼각지, 저쪽으로 가면 이태원 쪽이고"

"어, 그러네 정말, 고가도로가 없어져서 휑하니 넓은 게 다른 곳에 와 있는 줄 알았어."

"그러게. 지하철만 타고 다니다가 오랜만에 와보니 같은 서울이라도 낯설어."

서울시는 외곽으로 확장을 하는 것을 멈칫하고 중심지 리노베이션에 열중인지 오래된 거리들이 변하고 있었다.

운전석에 앉아 있는 교사가 한쪽 구석에 그림처럼 앉아 있는 나를 의식한 듯 신호 대기 중에 돌아보며 물었다.

"직장을 그만두니 좋죠? 아무 때나 훌훌 여행도 다닐 수 있고"

"그래도 우리는 다른 직장인들보다 방학이 있어서 좀 다니잖아. 방학 때만 시간을 낼 수 있으니까 추울 때 더울 때만 다니는 게 좀 그렇긴 하지만"

내 대신 곁에 앉아 있는 교사가 대답을 했다. 나는 웃기만 하다가 신경 써서 말을 붙여 준 교사에게 답을 해야 할 것 같아서 말했다.

"전에는 자주 다녔는데 요즘 집에 개가 한 마리 있어서 어려워요."

조수석에 앉아 있던 '꽃밭에 앉아서'가 개를 무척 좋아해 두 마리 기르고 있다며 개의 품종이 뭐냐고 물었다.

"시츄요. 남이 기르던 건데 이리저리 다니다가 제가 맡아서 데리고 있어요."

곁에 앉아 있던 교사가 반색을 했다.

"시츄? 나도 집에 시츄를 기르는데, 걔들이 순하죠. 몇 살?"

개 얘기가 나오면서 나는 그들의 대화에 섞여들었다.

"여행 다니실 때 저희 집에 맡기세요. 저희도 세 살짜리 시츄와 살고 있어요."

"그래요?"

나는 개를 맡길 수 있다는 반가움에 차 안에서의 관계를 내리고 나서도 이어가고 싶었다. 얼마 전까지만 해도 개를 싫어하는 것을 넘어서 무서워해 개를 데리고 다니는 사람들을 보면 불편해 하던 내가, 바로 그 개 때문에 한 차를 타고 가면서 유리벽을 사이에 두고 앉아 있던 것 같던 감정이 사라졌다.

"언제 한번 우리 개들 만나게 하죠."

전화번호를 주고받고 있는데 운전을 하고 있는 교사까지 거들었다.

"우리 집에도 두 마리 있어."

"어머나! 모두 개 엄마들이네."

'꽃밭에 앉아서'는 어려서부터 개를 너무 좋아하는데 길 가다가 개 주인이 개한테 함부로 하는 것을 보면 멈춰 서서 어머 그렇게 하시면 안돼요, 하면서 저도 모르게 오지랖 넓게 간섭하게 된다고 했다. 개한테 사람한테처럼 불쑥 말을 걸고 있는 자신을 발견하는 경우도 많다고 했다.

"나는 나중에 퇴직하고 나서 개 유치원이나 놀이방 그런 거 하고 싶어, 개하고 노는 것이 너무 좋거든."

내 곁에 앉아 있는 교사는 사후에 유기견 같이 불쌍한 개들을 위한 곳에 재산을 기증하고 싶다고 했다.

"사람은 국가에서 어떻게든 보호를 하잖아. 양노원이나 저소득층 보호센터 등, 그런데 아무 보호도 받지 못하는 개들이 너무 불쌍해."

모두 중증의 애견가들이었다. 나도 처음으로 개와 한 집에 살고 있지만 개 때문에 여행도 못 다니고 있으니 벌써 환자가 된 듯했다.

"우리의 만남은 우연이 아니야!"

이제 호칭에 선생님 따위는 붙이지 않았다. 우리는 모두 개 엄마로 누구 엄마라고 통성명을 했다.

곁에 앉아 있는 시츄 엄마가 여행 다닐 때 맡기라며 얼마 동안 다니냐고 했다.

"보통 한 달, 내년에 세 달쯤 갈 곳이 있는데"

"한 달은 가능한데……"

앞에 앉아 있는 두 사람이 가세했다.

"우리가 돌아가며 하든 해볼 테니까 걱정 말고 다녀와."

"그러면 아람이하고 계속 살 수 있겠네. 어디 보내야 하나 어쩌나 고민 중이었어요."

"보내긴, 맡았으면 끝까지 책임져야지."

"언제 한번 선생님 카페에서 모여요."

'꽃밭에 앉아서'가 돌아다보며 내 곁에 앉아 있는 교사를 보고 말했다.

"오늘 시간들 있어? 지금 들렀다 가. 기사, 괜찮아?"

"오케이. 서오능 쪽이죠?"

내 곁에 앉아 있는 교사가 서오능 건너편에서 카페를 하고 있었다. 나를 빼고 모두 근무를 하고 있었으므로 따로 시간 내기 어려우니 마침 모인 오늘 가자고 했다.

3. 개방

카페는 서오릉 건너편의 좁은 시골길로 조금 들어가서 있었다. 노출 콘크리트로 지은 삼 층 건물은 좁은 터를 활용해 가며 멋을 내어 지어졌다. 층층이 사각 상자를 조금씩 어긋나게 쌓아 놓은 것처럼 틀어지어서 어긋난 부분마다 발코니를 만들었다. 난간에 밤색 방부 목으로 마감을 해 놓아 회색 벽과 잘 어울렸다. 계단을 세 칸 밟고 올라가면 철제 유리 현관문이 있고, 그 옆은 삼각형의 좁은 마당이 있었다. 풀이 자라지 못하게 침목과 돌 시루를 깔아 놓은 마당에서 자작나무 세 그루가 하얀 가지를 기품 있게 뽑아 올리며 세련된 도회 분위기를 자아냈다. 일층은 연극 연출을 하는 아들이 소품들을 쌓아 놓는 창고로 쓰고 있었고, 카페는 이삼층이었다.

211

　차를 타고 올 때는 동승한 사람들을 집 근처에 내려 주고 갈 예정이던 운전기사가 카페로 방향을 틀 결정권을 쥐고 있더니, 그곳에 내리자 카페 주인이 릴레이 막대를 건네받은 듯 당당한 자세로 카운터로 걸어가서 메뉴판을 들고 와 말했다.

　"자, 오늘은 제가 쏩니다. 뭐 드시겠어요?"

　차 안에서 내 곁에 앉아 소곤소곤하던 때와 다르게 호쾌한 목소리였다.

　쟁반에 담아온 커피 라테, 카푸치노, 자몽에이드, 아메리카노를 내려 놓고 부끄러운 듯 말했다.

　"우리 애들은 공부를 안 해서……"

　"공부 안 하면 어때? 대신 잘 놀잖아."

　그녀의 아들은 한국예술종합학교를 나와서 연극에 관련된 일을 하고 있고, 체대를 나온 딸은 활달한 성격으로 이런 저런 이벤트를 기획하며 카페를 운영하고 있었다.

　"그래, 미래는 일은 몽땅 기계나 로봇이 하고 사람들은 놀기만 한다잖아, 그 때 가면 잘 노는 게 유능한 거야. 지금도 연예인이나 예술들 잘 노는 사람들 아니야? 얼마나 행복해, 놀면서 돈도 벌고."

　"현실은 그렇지 않아. 행복한 사람이 몇이나 돼? 여름 한철 놀다가 겨울에 힘들어지는 베짱이처럼 생활고에 시달리는 사람들이 더 많아."

카페 뒤 시골집 마당에 개들을 넣어 둘 수 있다고 해서 다음번에는 개들을 데리고 모이기로 했다. 나는 그날 혼주인 선생님을 포함한 모임 선생님들을 한 명도 만나지 못한 대신 새로운 모임의 일원이 되어 집으로 돌아왔다.

그날 저녁에 '개방'이라는 단체 카톡 방이 만들어져서 각자 제집에서 함께 사는 개 사진을 올렸다. 누군가 언제 한번 개들과 개 아빠들까지 모여 식사를 하자고 제안했다. 나는 아람이 때문에 여행을 가지 못해서 불편하던 것이 해결될 것이라는 희망으로 모임에도 참석하고 만날 약속도 정했다.

"아람아, 이제부터는 나도 여행, 너도 여행, 낯선 환경 속에서 나도 수행, 너도 수행, 앞으로 가끔씩 친구 집에 가는 거야! 기숙학교 가서 공부하고 와야지!"

개방 멤버 중에 나만 빼고 세 사람은 원래부터 동물을 좋아했다. 우리 어머니는 채소나 화초를 기르는 것은 좋아했는데 동물은 질색이었다. 나는 그런 어머니 밑에서 자라며 집에서 동물과 함께 지낸 경험이 없으니 동물만 보면 이물감으로 거리가 있었다. 게다가 토끼, 닭, 고양이와 달리 개는 짖어 대고 으르렁 대니 무섭기까지 했다. 그 놈의 개는 무서워하는 나를 담박에 알아보고는 다른 아이들을 다 제치고 나를 물었다. 광견병 예방 주사를 맞히지 않은 개라서 동네 어른들의 민간요법으로 나를 문 개의 털을 태워서 물린 무릎팍에 붙이고, 그것만으로 미심쩍은 어머니는 병원에 데리고 가서 주사까지 맞혔다.

개와 집안에서 데리고 살며 누구 엄마, 누구 아빠 하는 소리를 들을 때마다 저 사람들은 개자식을 두었으니 스스로 개라고 여기는 모양이다 비아냥거리는 마음이 없지 않았다. 그러던 내가 개와 인연을 맺게 된 것은 아들 때문이다.

학교 다니기 싫다며 집안 구석에 처박혀 있을 때 남편이 우울증 치료에 직방이라며 개를 사들여 온다고 했다. 개를 싫어하는 나를 알면서도 그런 결정을 내린 남편이나, 그것을 막지 못한 나나 자식의 병은 발등에 떨어진 불이었다. '구름이'라는 이 개월 된 래브라도 리트리버는 귀여운 강아지였지만 성견은 좁은 아파트에서 키울 수 없이 덩치가 큰 개였다. 남편은 그 종이 사람과 친밀도가 높아 우울증 치료에 효과가 커서 욕심을 부렸다고 했다. 아들 병이 웬만해지는 것과 비례해서 내 병이 생겨나기 시작했다. 개와 한집에 있다는 것을 견딜 수 없었다. 목소리가 우렁차고 덩치도 하마 같은 개의 존재감이 좁은 아파트를 뚫고 나갈 기세였다. 나는 조마조마하고 불안해서 잠을 잘 수 없었다. 책임지고 관리하겠다던 남편이 출근하고 나면 종일 내 차지였다. 그 동안 기운이 넘치는 구름이가 답답해서 짖을까 봐 산책을 시켜 기운을 빼 주어야 했다. 나는 목줄을 채울 때마다 물릴까 봐 겁이 났고, 돌아와서 발을 닦을 때도 무서워 벌벌 떨었다.

"당신 쟤 다른 곳으로 보내지 않으면 내가 나갈래."

불면증과 근심걱정으로 앓아 눕게 된 내가 병원에서 링겔을 맞고 나서 말했다. 남편이 삼지 사방으로 전화를 해대다가 태릉 입구에서 배밭 과수원을 하는 친구 집으로 보냈다.

마당 한 뼘 없는 아파트에 비해 툭 틔인 만평 과수원에서 살게 된 개를 데려다 주며 너도 나도 해방됐다고 좋아했다.

그런데 삼 주만에 미운 정이 들었는지 구름이를 보내고 나서 가장 견딜 수 없는 사람은 나였다. 목욕시키는 것, 아침에 산책 시키는 것을 남편이 도맡았고, 어려서부터 강아지를 기르자고 조르며 사달라는 각종 개 이름을 줄줄이 읊던 아들이지만 구름이와 같이 지내는 절대 시간이 나보다 부족했다.

구름이에게 만평 과수원은 그림의 떡이었다. 배 밭 건사에도 일손이 부족해서 살림도 남한테 맡기는 형편인 그들에게는 한가롭게 개 산책시킬 시간이 없었다. 그 집 진돗개도 철망 울타리 안에서 평생 나오지 못하고 사는데 '구름이'를 산책시켜 달라고 할 수 없었다. 개를 들여 놓고 끙끙 앓던 나는 보내 놓고 끙끙 앓다가 어느 날 벌떡 일어나 가서 산책을 시켜 주고 왔다.

그 뒤로 한 달에 두 번씩 다니며 산책을 시켜 주는데 먼 길도 문제가 아니고 귀찮은 게 문제도 아니었다. 생각 같아서는 매일 가고 싶었다. 산책을 시키고 나서 개집 앞에 줄을 매 주고 돌아올 때는 그렇게 슬플 수 없었다. 아들 우울증으로 시작된 개와의 인연이 나의 우울증 재발로 이어졌다.

학교를 그만둘 당시 나는 근무를 계속할 수 없을 정도로 우울증이 심했다. 펄펄 뛰어놀아야 할 아이들을 성적순으로 등수를 매기며 공부하라고 가둬 놓은 것이 슬프고, 갇힌 것을 못 견뎌서 옆 아이를 괴롭히는 아이들을 보는 것이 슬프고, 괴롭힘을 당하는 아이들을 보는 것도 슬프고, 아무 것도 못하면서 갇힌 아이들을 감시하는 것만 같은 내 역할이 슬프고……학교 근무 중에 이런저런 일로 불쑥불쑥 고이는 눈물을 참는 것이 힘들었다.

집에 돌아오면 이불 속으로 들어가 이불을 흠뻑 적실만큼 울고 나서야 저녁을 먹을 수 있을 만큼 기운을 차렸다. 잠자리에 들어서도 울고, 새벽에도 자다 깨면 울고, 아침에 일어나려면 눈물에 젖은 이불이 무거워서 들치고 일어나기 어려웠다. 그 시절 나는 언제든 한바탕씩 소나기를 쏟아 낼 만큼 어둡고 무거운 구름이 잔뜩 낀 하늘 아래 있었다. 결국 우울증 진단을 받고 한 달 동안 언덕 위의 하얀 집이라는 별칭으로 불리는 정신병원에 입원했다가 퇴원하면서 퇴직을 했다.

학교를 그만두고 나서도 계절이 바뀌거나 이런저런 이유로 쌓인 우울감이 묵직하게 짓눌러올 때면 언덕 위의 하얀 집으로 들어가게 될까 봐 미리 여행을 떠났다. 여행을 갔다 오면 삶이 가뿐하게 여겨지며 기운을 차릴 수 있었다. 직장을 그만두고 나서는 일상이 파괴될 정도로 폭풍 눈물을 쏟아 낼 만큼 구름이 쌓이는 것을 피한 덕분인지 크게 울 일이 없었다.

언제든 비를 한바탕 쏟아 내는 장마전선 심상이 다시 찾아온 것은 '구름이'때문이었다. 슬픔으로 가득한 구름이 눈을 보며 '내일 또 올게' 하고 싶지만 친구 내외 때문에 그럴 수 없었다. 농삿일로 바쁜 사람 집에 찾아가서 개 산책을 시켜 준다는 것이 미안했다. 한 달에 두 번 가는 것도 배 꽃 솎아 주는 것을 도와주러 간다, 봉지 작업을 도와주기 위해서 간다, 불암산 등산을 하려고 간다……이런저런 핑계를 만들어 갔다.

개를 집안에 들여 놓은 적이 있어서 그런지 다른 동물들도 전보다 친근하게 여겨졌다. 음식 쓰레기를 버리려고 갔다가 쓰레기통을 뒤지고 있는 새끼 고양이들을 보고는 그 근처에 고양이 사료를 놓아 두기 시작했다. 그렇게 반 년 쯤 지났을 때 아파트 경비 아저씨가 강아지 한 마리를 키우겠냐고 물어왔다. 있던 개도 내보냈는데 무슨 말이냐고 펄쩍 뛰었다. 집에 와서 생각하니까 과수원집 친구가 집안에서 키우던 미니 핀을 배 판장으로 데리고 나갔는데 손님이 와서 잠깐 한눈을 판 사이에 찻길로 뛰어들어 죽었다며 슬퍼하던 모습이 떠올랐다. 맡겨 둔 구름이 때문에 그 집 식구는 물론 그 집 말뚝에다가라도 절을 할 정도로 잘 보이고 싶어 하는 나는 그 집에 보낼까 해서 어떤 종류냐고 물었다. 경비 아저씨는 모른다고 했다.

"작아요? 미니 핀이라고 작은 강아지라면 보내 줄 곳이 있는데"
"미니 핀인지 뭔지 몰라도 쪼그만 건 틀림없어요. 한번 올라가

217

보시죠."

   그 때 올라가 보지 말았어야 했다. 10층 현관문이 열리자 쪼르
르 달려나온 아람이가 무릎 위로 뛰어오르며 매달렸다. 부인과 이
혼하고 중학생 딸과 함께 사는 남자가 딸을 위해 앵무새 두 마리와
강아지 한 마리를 사 주었다. 아버지는 거의 매일 새벽 두 시가 넘
어서 돌아왔고, 아침 일찍 나간 딸도 밤열두 시가 가까워 집에 돌
아왔다. 앵무새들은 둘이 함께 새장 안에서 푸다닥거렸지만 아람
이는 짝도 없었다. 일주일에 한 번 들러서 집안 살림을 돌봐 주고
있던 고모는 아람이가 싸 놓은 똥과 오줌을 치우며 다른 집으로 보
내라고 성화였다. 생후 두 달 때 입양됐던 아람이는 오 개월 동안
밤마다 불도 켜지 않은 깜깜한 집에서 주인을 기다리다가 다른 집
으로 보내기로 결정되었다. 아파트 경비 아저씨한테 동물을 사랑
하는 사람을 소개해 달라는 부탁을 했다. 내가 길고양이들에게 사
료를 주는 것을 몇 번 본 아저씨가 나를 추천했다.

   나는 구름이와 끝까지 함께 하지 못한 죄책감과 내 무릎 위로 올
라오는 아람이가 얼마나 외로웠으면 낯선 나를 반기랴 하는 지레
짐작으로 아람이를 안고 내려왔다.

   "아줌마는 사정이 있어서 키우던 개도 남의 집에 보냈어. 그래
도 매일 뒷산으로 산책을 가니까 보낼 집이 정해질 동안 데리고 있
으면서 산책이나 시켜 줄게. 그 동안 주변에서 맡아 줄 사람을 찾
아보자."

218

아람이는 구름이와 달리 덩치가 크지 않아서 당분간 데리고 사는 것은 어렵지 않았다.

중학생 아이보다 발이 넓은 내가 먼저 아람이 보낼 곳을 찾았다. 고양이를 여러 마리 키우고 유기견 강아지도 한 마리 키우고 있는 친구 집이었다. 사진을 보내 보라고 해서 미용을 시켜서 사진을 찍어 보냈다. 마음에 든다며 데리고 오라고 했다. 직장 생활을 하는 그녀는 온종일 혼자 있는 제 집 강아지에게 친구를 들이고 싶다고 했다.

어쩌면 이렇게 착하냐, 예쁘냐 하던 그녀가 전화를 걸어 온 것은 아람이를 보낸 지 열흘 만이었다.

"우리 링링이하고는 잘 지내는데, 고양이들과 싸워서 안 되겠어."

암컷인 링링이한테 임신을 시킬까 봐 중성화 수술까지 시킨 뒤였다. 아람이는 수술 자국에 실밥도 뽑기 전에 우리 집으로 돌아왔다. 내가 여기저기 수소문하고 있을 때 남편이 배드민턴 동호회 회원 집을 소개했다. 노부부인데 데리고 자던 암컷 개가 집을 나가서 허전하다고 했다. 마침 잘됐다. 우리는 개를 무서워해서 데리고 자지 못하고 베란다에 놓아 두었으니 서로에게 좋은 일이라며 태워 보냈다.

아람이는 한 달 만에 또다시 돌아왔다. 얼마 후 손주가 태어난다고 했다. 직장 다니는 며느리 대신 손주를 맡아 보게 되었는데 며

느리가 집안에 동물이 있는 것을 반대한다고 했다.

4. 갤럭시

오늘은 결혼식에서 돌아올 때 태워다 준 교사 남편이 사는 강화도로 일박이일 여행을 왔다. 그는 운동권 출신인데 출판사를 다니다가 건강이 나빠져 이곳에 내려와 요양 중이었다. 두 사람은 남편이 과수원 근처에 집을 얻어 살면서 주말 부부가 되었다.

서쪽 하늘가에 붉은 기운이 번져들고 있으나 아직 볕이 좋았다. 우리는 이른 저녁을 먹고 포도밭 가운데 있는 평상에 앉아서 술상을 받고 있었다. 방금 전에 과수원 주인이 술상을 차려 주고 가면서 이곳은 해풍과 풍부한 일조량 때문에 밭작물이 잘된다고 했다. 덕분에 그가 재배하고 있는 포도의 당도가 높다고 했다. 특별히 달지 않더라도 근사한 시골밥상을 차려 준 답례로 한 상자씩 사 갈 생각이었다.

"저기 포도송이마다 왜 종이 봉지를 씌워 놓았는지 알아요?"

과수원 주인이 가고 나자 자동차 남편이 물었다. 농약이 묻지 않도록 하기 위해서, 일조량을 조절하기 위해서, 새와 곤충들이 파먹지 못하게 하기 위해서…… 카페 부부, 우리 부부, 꽃밭 부부 여섯 명이 가져다 댄 이유들보다 더 중요한 이유가 있다고 했다.

나는 이것저것 궁리하던 것을 멈추고 하얀 종이봉투를 씌워 놓은 포도밭을 유심히 바라보았다. 넓게 포개져 하늘을 가리던 잎사귀들이 다 떨어져서 밭 전체가 횅했다. 뼈대처럼 드러난 십자가 모양의 시멘트 받침대가 두드러져 보였다. 단단해 보이는 거무스름한 가지들이 옹골지게 구부러져 있었다. 답이 나오지 않는 문제 풀이에 싫증이 나서 멀리 보이는 들판과 저수지 그 위로 펼쳐진 하늘로 눈길을 돌렸다. 강화도는 가운데 솟아 있는 마니산을 중심으로 펼쳐진 나지막한 산과 들판이 모두 바다와 닿아 있어서 어디서든 툭 트인 하늘이 잘 보였다.

"흔히 익었다고 말하는 과일의 숙성은 껍질의 엽록소가 파괴되어 초록색이 빨갛게, 노랗게, 보라색으로 변하게 되는 겁니다. 이때 과일의 녹말이 포도당이나 과당으로 분해되어 달콤한 맛을 내게 되죠. 사과나무에서 잘 익은 사과를 발견하면 그 주위 것들도 같은 정도로 익어 있는 것을 볼 수 있어요. 이건 왜 그럴까?"

"또 질문이야. 좀 쉽게 넘어가지. 모르니까 설명해 봐."

자동차 교사가 그녀의 남편에게 말했다.

"위치에 따라 햇빛을 받는 정도와 바람이 잘 통한다든지 조건이 비슷하지 않겠어요?"

카페 남편이 조심스럽게 물었다.

"물론 그런 면도 있죠. 그런데 과수원은 모든 나무들을 최적의 조건으로 심어 놓기 때문에 그런 영향은 적어요. 가장 중요한 것은 에틸렌이라는 효소 때문이에요. 이 효소는 과일이 익을 때 발산되는 휘발성 물질입니다. 이 효소 때문에 주변의 과일들이 같은 시기에 익어요."

서쪽 하늘에 넓게 퍼져 있던 노을의 붉은 빛이 어둠에 잠겨들며 꼬리 부분만 남아 있었다. 막힌 데 없이 트였던 하늘이 검푸른 바다 속처럼 변해 갔다. 과수원 주인이 나와서 평상 주위에 빙 둘러 놓은 전등에 불을 켰다. 매달려 있는 알전구들이 일제히 불빛을 뿜어 냈다. 밤바다 가운데 떠 있는 오징어잡이 배 같았다

그는 말을 하다 말고 포도밭 안으로 비틀거리며 걸어 들어갔다.

"이거 봐. 이 하얀 방 안에서 얼마나 잘 익었냔 말이야."

그가 하얀 종이 봉지를 거칠게 찢어서 사람들에게 보여 주었다. 진한 포도향이 훅 끼쳐 왔다.

"어떤 장소의 과일들이 동시에 익는 것은 처음에 익은 과일에서 나오는 에틸렌이 주변에서 작용을 하기 때문입니다. 그 휘발성 물질이 과일을 빨리 익게 만드는 촉진제 역할을 하죠."

"너도 익어! 너도 익어! 주위의 포도들에게 같이 익자고 속삭이는 소리를 하얀 봉지 안에 가둔 거야. 밖에서 보면 하얀 방이지만 안에서 보면 하얀 벽인데 바로 그 벽 때문에 밖으로 퍼져나갈 수 없게 된 에틸렌 가스는 제 살 속으로 파고 들어요. 그러면 포도는 그 효소를 밖으로 분출할 때보다 빨리 잘 익게 되죠. 포도를 팔아서 돈을 버는 사람의 입장에서는 최고죠.빨리라는 효율성에다가 고품질의 생산품! 무섭게 밀고 들어오는 자본주의의 물결은 다른

게 아니야. 바로 이 효율성과 생산성 앞에서 모든 가치가 무력화되는 것이지. 이웃을 향해 너도 익으라던 속삭임이 사라졌어. 제 몸 속으로 다시 파고들지. 충분히 가진 자가 더 가지려고 해. 무한 경쟁 시대라고 하지 않아? 무한히 경쟁하는 시대…… 빌어먹을, 무엇을 위해?"

똥 개 눈에는 똥만 보인다고 그는 농촌에서 쉬려고 내려와서도 젊은 시절에 이룩하려던 꿈, 지금은 모두 잊고 있는 슬픈 꿈을 그리워하고 있었다.

'성대가 상해서 노래를 부를 수 없게 된 가수 지망생, 이집 저집에서 파양되다 유기견이 되는 개, 길 고양이, 집주인이 시세차익을 위해 사 놓았다 양도세를 피하기 위해 부수고 있는 농가, 그 집에서 살다가 쫓겨난 노인……'

낮에 동네를 돌아보면서 들었던 이야기들이 비구름으로 뭉쳐져 가슴이 답답했다. 저 혼자 잘 익기 위해 하얀 방에 갇힌 포도송이 얘기가 더 이상 지탱할 수 없을 만큼 무게를 더했다. 나는 화장실이 급한 사람처럼 서둘러 자리를 빠져 나왔다.

어두운 포도밭 사이를 걸으며 눈물을 쏟아 냈다. 내 앞에 높게 막아선 벽 앞에서 어떻게 해 볼 수 없는 무력감과 분노, 세상 구석 구석 배인 습기 같은 우울감, 서글픔이 눈물로 쏟아졌다.

오랜만에 서럽게 울었다. 사람들의 얘기 소리가 멀리서 들렸다. 너도 익어, 너도 익어……어두운 과수원에서 수런대던 소리가 신화처럼 전설처럼 아득하게 여겨졌다.

학교를 그만두고 여행을 다니며 스치듯 만나는 사람들 사이에서는 울 일이 없었다. 너도 나도 나그네, 기대도 집착도 없으니, 실망할 일도 안타까울 일도 없었다. 사람들을 깊이 만나지 않았기 때문인지 그동안 크게 기쁘지도 슬프지도 않았다. 나는 슬픔에 약한 환자니까 그렇게 살아가야 하는 줄 알았다.

어두운 포도밭에 웅크리고 앉아서 울고 있는데 누가 들먹이는 내 어깨를 다독였다.

"괜찮아?"

남편이었다. 주변이 어두운데 그는 나를 용케 찾아왔다. 겁이 많기 때문에 불빛이 나오고 있는 곳에서 멀리 가지는 못하고, 흥겹게 모여 앉아 있는 사람들에게 울음 소리를 들키지 않을 정도의 안전 거리에 있을 거라고 짐작했다고 했다.

"어떻게 이렇게 슬플 수가 있어? 많은 사람들이 열심히 산다는 게 결국 잘 팔리는 포도가 되기 위해서잖아? 포도에게, 그리고 봉지를 씌우는 과수원 주인에게 내가 할 수 있는 것이 아무 것도 없어. 모두 잘 살기 위해서 그런다는데 원망할 수도 없고, 미워할 수도 없고…… 마음만 아파. 내가 할 수 있는 게 아무것도 없단 말이야!"

"울잖아…… 눈물은 따뜻해."

그가 담배를 피워 물었다.

"누군가 씌워 놓은 봉지 속에 들어앉아 혼자 잘 익겠다는 이기심이 무섭고, 그 어리석음에 화가 나고, 그 외로움이 가엾고……"

담배를 비벼 끈 그가 밤하늘을 올려다보며 물었다.

"저기 은하수 보여?"

"어쩌면 봉지 속의 포도송이는 외롭지 않을지 몰라. 한 가지에 달려 있잖아. 가지 안에 연결된 길이 있거든."

한동안 말없이 있던 내가 물었다.

"나뭇가지들도 외롭지 않겠지? 한 뿌리에 달려 있으니까."

"나무들도 외롭지 않아. 같은 지구에 뿌리를 묻고 있으니까."

울고 나서 맑아진 눈으로 하늘을 보니 멀리 흐릿하게 하얀 띠가 보였다.

남편이 스마트 폰 바탕 화면에서 별들이 하얗게 소용돌이치며 돌아가는 은하를 보여 주며 이것도 하얀 방이라고 했다.

"우리는 다 같이 이 안에 있지?"

나는 눈물을 닦고 일어났다.

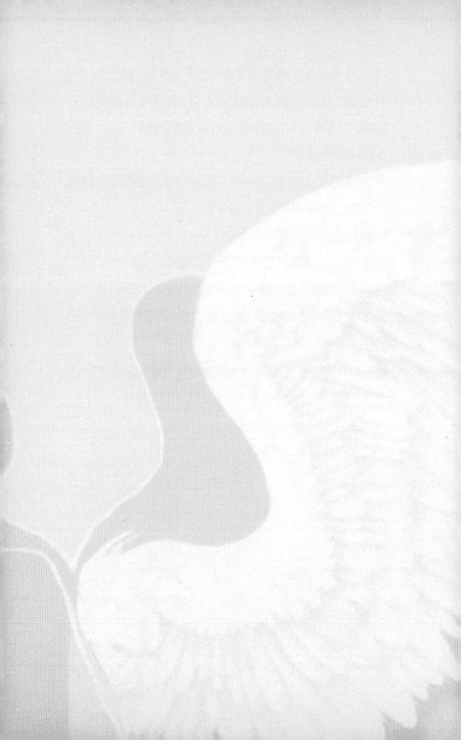

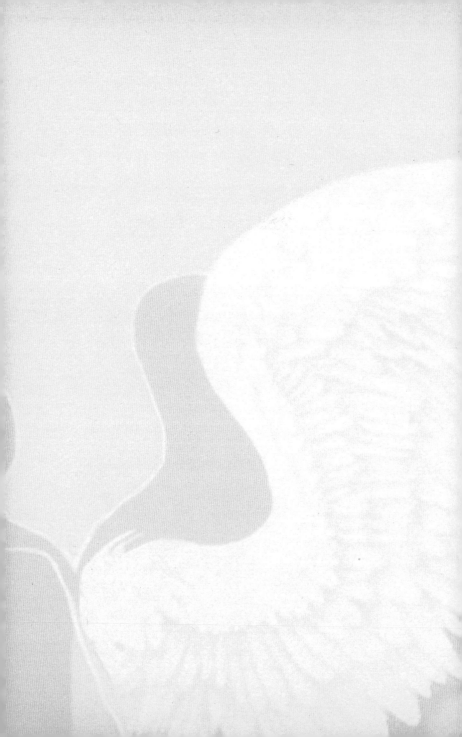